ASCENDENTE

KENNA MCKINNON

Traducido por
CESAR VALERO

Esta novela está dedicada a:
Mi hermana, Judith Holmes
Angus
y a mi hija, Diane Wild
A todos, los más queridos de los queridos.

CAPÍTULO 1

Scarlett Kane reforzaba sus fuertes bíceps subiendo a su hijo de tres años a su silla elevada en la cocina. El esposo de la joven, Michael, cerró de golpe la puerta principal cuando salió furioso de su alquilada casa amarilla . Su rostro se contrajo con consternación al darse cuenta de que una vez más había fallado como esposa y que su esposo había generado una pelea para marcharse. El pequeño Troy la miró con sus grandes ojos azules. Molesta con su marido, bruscamente lo colocó en su asiento. Él niño se retorció.

"Me lastimas, mami". El niño se chupó el pulgar y gimió.

Lo siento, Troy. Tu papá se ha ido. Nos dejó solos de nuevo".

"¿Papá malo?".

Scarlett suspiró. "Si no tienes cuidado, crecerás de esa manera también. Todos los hombres lo hacen. Finalmente".

"¿Papi te hizo daño, mami?". Sus ojos azul claro buscaron los de ella. Él cogió una cuchara. El suelo debajo de la mesa brillaba. Un triciclo estaba ubicado en una esquina donde el gato jugaba con una pelota que pertenecía a Troy.

Ella movió un dedo hacia su hijo. "No digas eso, querido".

"Quiero lastimar a papá", afirmó Troy, sacando su pequeño pecho. "Te lastimó, mamá".

"Cuando seas grande cuidarás de la casa", sugirió Scarlett, cambiando de tema.

El chico frunció el ceño. "No quiero crecer, mami. ¿Puedo volver a ser un bebé?".

"No querido. No funciona de esa manera".

"No quiero crecer".

Un viernes, 11 de junio de 1971, Michael Joseph Kane utilizó todos sus ahorros para comprar una hermosa motocicleta de demostración. Uno de los mejores días de su vida: estaba en la cima del mundo. Gotas de agua brillaban sobre el cromo y el acero cuando la motocicleta naranja, Honda CB-750 Four K1, se detuvo estruendosamente frente a su casa.

Michael primero sacó los deflectores para obtener un sonido más sustancioso, pero por lo demás, no inició el motor. Empujó la palanca del embrague y aceleró para dar arranque al motor, y aquí fue cuando llegó esa motocicleta volando por la calle mientras apretaba los engranajes. El semáforo estaba en verde para él y la Honda retumbó a través de la intersección.

Su esposa, Scarlett Kane, se apartó un mechón de su cabello castaño oxidado de la frente y acunó la cabeza rizada de Troy con una mano mientras cerraba la ventana corrediza. Rocker Patch, su gato, cayó al suelo.

Rocker siempre había sido el gato de Michael. Él le había puesto el nombre de un accesorio de motocicleta. A Scarlett le gustaba Rocker Patch, pero el gato la evitaba, prefiriendo a Michael y a Troy. Max, su periquito de plumas azules, gorjeaba desde su jaula en la sala de estar, y Angus, el terrier escocés gris de Scarlett, ladraba.

Scarlett abrió de golpe la puerta del frigorífico Harvest Gold y sacó un plato de macarrones con queso que colocó en el gran horno de microondas que alguien les había regalado y que se alzaba como un extraterrestre gigante en la encimera junto al fregadero. En dos minutos sonó el cronómetro y ella sacó el almuerzo, lo colocó frente a Troy con una cuchara de plástico y un vaso de leche. Ella ajustó su babero azul.

"Come", ordenó.

Obediente, el niño se metió la pasta en la boca con la cuchara. Sus ojos azules buscaron su mirada azul brillante. Los macarrones con queso formaban una masa desordenada alrededor de su plato mientras comía, y algunos aterrizaron en el piso de baldosas relucientes debajo de la mesa. Algunos resbalaron por la pared a su lado. Scarlett gimió.

"¿No puedes tener más cuidado?". Ella limpió el desorden.

"¿Terminaste?", ella preguntó. El asintió.

"Todo se ha acabado". Hizo círculos con su cuchara sobre la superficie húmeda de la mesa.

Scarlett le quitó el babero del cuello y lo retiró del asiento elevado. "Para".

"Tu padre volverá pronto", continuó, pero sabía que era mentira. Michael no volvería en horas. La lluvia golpeaba contra la ventana. Su periquito Max trinaba en su jaula en la habitación contigua. Por lo general, dejaba la televisión encendida para el pájaro porque le gustaba el sonido. Ella entró en la sala de estar con paneles de caoba y apagó el televisor. Max hizo ruido.

"Es hora de la siesta", le dijo al niño pequeño.

"No tengo sueño. No quiero una siesta. Soy un niño grande".

Scarlett lo bajó y lo llevó a su dormitorio, donde las cortinas rojas y una colcha de algodón roja contrastaban con el moderno empapelado blanco y negro detrás de su cama. En la pared de enfrente, se había pintado un mural con un payaso. Una caja de juguetes de madera roja y un tocador blanco estaban contra la otra pared entre dos ventanas bajas. Juguetes y libros para colorear cubrían el suelo alfombrado.

Tropezó con su cama. Llevaba unos jeans y camiseta corta. El gato lo siguió.

"Es cierto", murmuró. "Probablemente eres demasiado mayor para una siesta. Descansa, Troy. Cierra los ojos por unos minutos y déjame en paz".

"¿Duermes conmigo, mamá?".

Scarlett posó los labios en su frente húmeda. "Has estado jugando demasiado durante esta mañana, querido. Estás sudando y tus manos están pegajosas por el almuerzo". Ella le secó las manos con el delantal y suspiró de nuevo.

"¿Puedo tomar un vaso de agua, por favooor, mamá?".

"Bueno". Scarlett salió de puntillas al pasillo, mojó un paño del grifo del baño y dejó correr el agua hasta que se enfrió. Ella se estiró y tomó un vaso de papel del dispensador en la pared. Llenó la taza y se deslizó de nuevo a la habitación del niño. Él la estaba mirando con sus ojos azules muy abiertos. Su cabello rubio rizado se extendía en abanico sobre la funda de la almohada con dibujos brillantes mientras se cubría el pecho con la sábana.

Bebió sediento. Ella le lavó las manos y la cara. Él le apartó las manos y le sonrió. "Te amo, mamá".

"Yo también te amo, Troy".

"¿Amamos a papá, mamá?".

Scarlett se sonrojó. "Sí, por supuesto querido".

"Yo también amo a Angus. Es un buen perro". Ella miró a su alrededor, pero decidió que Angus debía estar en el patio de afuera. Max cantó. El pequeño Troy se frotó los ojos y bostezó.

"Tienes sueño", ella susurró. "Descansa ahora".

"Está bien, mami".

Más tarde esa noche, después del almuerzo, después de la cena, después de la hora de acostarse para Troy, su madre tomó un sorbo de té Red Rose en su cocina con Nancy Clarke, su vecina de al lado. Las mujeres se habían hecho amigas cercanas y dependían una de la otra en lugar de sus maridos volubles. Sorprendentemente, el esposo camionero de Nancy, Jack, estaba en casa esta noche y cuidaba a su hijo Scott a su manera única, una botella de cerveza en una mano y la página de deportes en la otra.

Se abrazaron para decir buenas noches. Nancy salió por la puerta trasera de su casa de estuco gris al otro lado de la calle.

Scarlett sabía que podía confiar en Nancy, no solo con su vida, sino con la vida de su hijo.

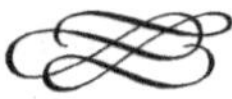

CAPÍTULO 2

El 4 de abril de 1968, años antes de que se permitiera a los padres asistir al parto de su propio hijo, Scarlett Kane recordó primero el dolor y las enfermeras a su alrededor, luego al médico que estaba a sus pies guiando el parto. Lamentaba que su guapo esposo rubio, Michael, no estuviera presente en la habitación. El bebé salió de su útero, liberando la presión. El bebé lloró.

El médico sonrió y lo levantó. "¡Es un niño!".

Los ojos azules de la madre bailaron. Su marido estaría encantado. Michael deseaba tanto a un niño. Tenía que tener un niño. Ella se había prometido a sí misma y a él, a dar a luz a un hijo. Su pecho se hinchó y respiró hondo, profundo y saboreó. Una enfermera permitió que Scarlett cargara a su hijo antes de que el médico se lo llevara para ver a Michael en la sala de espera.

Llamaron al bebé Troy Michael Kane. Michael accedió a llamar a su hijo con ese nombre, después de conocer los viejos cuentos de la guerra de Troya y el supuesto descubrimiento de Troya por el aventurero y arqueólogo alemán

Heinrich Schliemann. "No lo llamemos Heinrich Schlie-mann", Michael sonrió. "Kane es demasiado irlandés para él y Schliemann demasiado turbio. Troy Michael se llamará. Será un héroe".

Su esposa murmuró desde su cama de hospital: "El nombre también significa 'soldado de infantería' en gaélico irlandés".

"Adecuado", comentó Michael y flexionó sus bíceps. "Mi hijo el guerrero".

La madre de Scarlett había sido fan de *"Lo que el viento se llevó"* y a Scarlett le encantaba que le pusieran el nombre del fuerte personaje femenino del libro y la película épica. Esperaba que a su hijo también le encantara su nomenclatura histórica.

Al nacer, el niño pesaba ocho libras y quince onzas y medía veintiún pulgadas de largo. Su madre guardaba un mechón de su cabello rubio en un libro azul para bebés, que era un regalo; posteriormente siguió registrando su altura, peso, primeras aventuras y vacunas en distintos momentos de su infancia.

Troy tuvo eccema poco después de nacer, en el lado izquierdo de su rostro, al principio antiestético, y sus amigos cercanos decían, "Ay, qué lindo", cuando lo veían por primera vez, luego se detenían cuando volteaba su carita hacia el otro lado y se sorprendían por el moteado rojo. A Scarlett se le encogía el estómago ante su reacción, pero ella y Michael estaban muy orgullosos y encantados con su nuevo bebé.

Ella le aplicaba ungüentos, lo llevaba en su cochecito de bebé para exponerlo a la luz solar filtrada y al aire fresco todas las mañanas, recorría las largas calles arboladas de su vecindario, pasaba junto a los vecinos que chismorreaban en sus escalones delanteros y el eccema finalmente se curó.

Michael lavaba la ropa del bebé en una lavandería porque vivían en una casa alquilada barata sin instalaciones de lavado. El esposo usaba mucha lejía en la ropa del bebé y eliminaba todos los colores vibrantes. Scarlett pensaba que la lejía contribuía al eccema.

Su esposo usaba mucha agua caliente y lejía porque era un fanático de la limpieza, por lo que ayudaba cuando su esposa necesitaba ayuda con las tareas del hogar. Aspiraba todas las alfombras semanalmente y ordenaba sus pertenencias en cajones y armarios, que siempre estaban limpios y bien organizados gracias a él. Michael era muy activo y útil.

Su hijo lo recordaba siempre, aunque Troy tenía apenas tres años cuando Michael Joseph Kane murió en un terrible y ardiente accidente de motocicleta sobre el costado de un puente y donde rompió su casco en un poste de luz. Su hijo recordaba con cariño y algo de perplejidad el circo y las piscinas a las que lo llevaba su padre cuando era pequeño, antes de que su padre no volviera nunca más a su vida. Con apenas tres años en ese momento, se acordaba de su madre llorando cuando lo dejó con la madre de Scott una mañana y su padre no regresó como solía hacer.

Después de la muerte. ¿Qué era eso? Troy no entendía, tan pequeño era, y esperó en la ventana muchos días a que su padre volviera a casa.

Scarlett tampoco entendía realmente, y la culpa la abrumaba. Su último recuerdo de Michael fue la pelea sin sentido, el golpe en la puerta y el sonido de la motocicleta Honda mientras se alejaba rugiendo, calle abajo y hacia la eternidad.

CAPÍTULO 3

La voz nebulosa al otro lado del teléfono pudo haber sido la de una mujer o pudo haber sido la de un hombre; en 1971, no había pantalla de llamada. El número y la identidad de la voz seguían siendo un misterio. "¿Está Michael Kane allí?".

"Lo enterramos hoy". El tono de Scarlett Kane fue plano mientras hablaba por el auricular.

"¿Oh, en serio?". La voz disfrazada se regocijó.

"Cuelga", instó a su hermana, y Scarlett colocó el instrumento en su soporte.

A menudo, a partir de entonces, cuando sonaba el tosco teléfono verde de la pared, no había nadie al otro lado, o una voz amorfa preguntaba por Michael Kane. La primera vez fue el día de su funeral, cuando ella y su séquito regresaron a la casa amarilla alquilada que habían compartido. Volvió a suceder, más a menudo por la noche. Sólo una vez en medio de la noche.

Alguien en el vecindario compró una motocicleta y lanzó su cacofonía a lo largo de la calle a dos cuadras de su casa. El bramido intermitente de la maquina recorría la zona residencial donde vivía Scarlett, pero nunca vio al motociclista y solo sabía por el sonido y el humo de la máquina por las mismas calles al anochecer que tenía que ser un residente de su vecindario, disfrutando de su fantasía en sus miedos más oscuros.

Los sonidos fantasmales comenzaron con un rasguño detrás de las paredes y un tic-tac hueco junto a una de las ventanas del dormitorio de Troy Kane, de tres años. Sus cortinas no se unían en el centro y el niño se quejaba de una luz en su habitación. El niño se despertaba muchas noches con fantasías de rayos de luna azul flotando sobre motas de polvo a medianoche, iluminados por ráfagas intermitentes de rayos de una antorcha invisible.

"Mami", le confió Troy a su madre en voz baja mientras todavía estaban en la casa amarilla, mientras el pequeño robot que estaba construyendo con sus bloques de construcción tomaba forma. "Un hombre está afuera de mi habitación por la noche. Enciende una luz en mi habitación".

El corazón de Scarlett se encogió, temerosa de lo que pudiera encontrar o tener que hacer para proteger al niño, pero esa tarde buscó huellas en el lado oeste de la casa y, efectivamente, había huellas en la tierra blanda, por el arbusto de madreselva frente a la ventana.

Consultó su tabla Ouija y cristales en busca de presagios en lugar de llamar a la policía de inmediato, pero no encontró nada útil. El taller de su difunto esposo Michael en el garaje adjunto contenía una gran cantidad de herramientas, algunas facturas y recibos metidos en una vieja lata de tabaco, pero no tenía idea de quién querría lastimar a su familia después del trágico accidente de motocicleta que la dejó como madre soltera y muchas preguntas sin respuesta sobre los secretos del matrimonio.

Scarlett y su hijo siguieron viviendo en la casa alquilada. La compañía de Michael le pagó una cantidad sustancial de seguro de vida después de su muerte, pero Scarlett temía al principio que no sería suficiente para mantener una nueva casa, incluso con el bajo costo de los bienes raíces en 1971. Ella invirtió el dinero y así vivió frugalmente del interés durante tres años más hasta que una casa más vieja en la comunidad de clase trabajadora de Calder fue demasiado tentadora para rechazarla.

En febrero de 1974, Scarlett compró una vivienda de dos dormitorios con techo plano y marco, un porche trasero y un sótano parcialmente terminado, en el área de Calder, cerca de las antiguas vías del Ferrocarril Nacional Canadiense. La valla se inclinaba como un soldado borracho del brazo de una prostituta, pero el edificio parecía recién pintado, azul como los ojos de Scarlett, y estaba limpio y ordenado por dentro. Troy, ahora con seis años, fue transferido a la escuela de Calder y comenzó el primer grado. Dejaron atrás a su amiga Nancy Clarke y al mejor amigo de su hijo, Scott.

" Odio las despedidas", le dijo Scarlett a su amiga después de que los dos transportistas contratados se fueran con sus escasos muebles y cajas en la camioneta alquilada. Angus, el perro de Scarlett, gimió bajo sus pies. Planeaba llevarse a Rocker Patch con ella, pero dejó al perro y a su periquito con Nancy, prometiendo llevarlos de regreso algún día.

Sabía que no volvería, sabía en lo más profundo de su ser que se trataba de una ruptura con el pasado y que el juego había cambiado. Una esposa abusada, se amaría a sí misma, sería ella misma y brillaría a pesar de aquellos que nunca creyeron que podría hacerlo.

"No tienes que decir adiós", respondió Nancy y rascó a Angus debajo de la barbilla. Empujó su húmedo hocico en su mano y ladró suavemente.

"Siempre llevaré un poco de ti y Troy conmigo. Además de Michael". Se secó una lágrima del rabillo del ojo. "No te preocupes. Cuidaré bien de Angus y Max, como si fueran míos. No es que tenga nada más que hacer en todo el día, con Jack de viaje todo el mes. No tenemos mascotas propias, así que Angus encajará perfectamente, ¿no crees, muchacho?".

El perro miró a Scarlett y luego a Nancy, como si supiera que tenía un nuevo hogar para siempre con amigos familiares. Sus amorosos ojos castaños estaban protegidos por cejas grises. Sus etiquetas brillaban en el cuello rojo. Meneaba la cola y gemía.

"Él te ama, mamá", comentó el amigo de Troy, Scott, inclinando al periquito Max en su jaula azul acero y vertiendo semillas en su taza. Max cantó.

Scarlett atrajo a Troy, de seis años, y le dio en un abrazo cuidadoso. Extendió una mano a su amiga y vecina. "Muchas gracias".

"Adiós Scott. Adiós, señora Clarke. Troy corrió hacia Scott y le dio un puñetazo en el brazo. "Te extrañaré".

Michael y Scarlett Kane habían vivido en la casa alquilada desde antes de que naciera Troy. Su marido había muerto hacía tres años, desde aquella horrible mañana en la que su motocicleta se estrelló y se quemó bajo el paso elevado. Scarlett sabía que era hora de seguir adelante.

"Este es un gran paso para nosotros", dijo.

Nancy sostuvo la mano de su amiga un momento más. Ella le recordó: "Si te caes, te levantarás aún más fuerte porque eres una sobreviviente. No eres una víctima. Tienes el control de tu vida, cariño. No hay nada que no puedas lograr".

"La vida me ha derribado varias veces", admitió Scarlett. " Creo que he aprendido en estos últimos tres años, sin embargo, sé hacer cócteles de limón. ¡Con un toque de limón! ¡Y luego aprendí a dejar de beber después de tanta diversión!".

Nancy sonrió. "¡Esa es mi chica! Estaba preocupada por tu bebida después de la muerte de Michael. Ve y conquista el mundo, cariño".

Salieron en el Chevette blanco que había reemplazado al Austin Healey Sprite. Angus aulló cuando los vio irse, trató de seguirlos, moviendo la cola y tirando de la correa, y Max parloteó. Se alejaron y miraron hacia atrás solo una vez, consolidando la visión de sus amigos en sus recuerdos hasta que pasaron muchos años. Esperando un nuevo hogar, nuevos amigos y vecinos, una nueva vida y una nueva escuela para Troy, su estómago se sentía vacío y dolorido, pero también había emoción.

CAPÍTULO 4

Michael y Scarlett se casaron el 20 de mayo de 1965. En un día lluvioso de junio, él y Scarlett regresaron de su luna de miel en Banff. Esa mañana se mudaron a su nuevo hogar. Sus pocos muebles habían sido entregados. Como acababan de llegar, el motor de su Sprite aún no estaba frío.

El gatito atigrado anaranjado había gastado sus nueve vidas cohabitando con una cría salvaje en las calles y vivía en días prestados cuando Michael Kane lo encontró por primera vez, acurrucado, mojado, goteando y helado debajo del soporte del motor.

No sabían la raza, la edad, ni el nombre del gatito que emergió chillando y rebotando con las piernas rígidas debajo del relativo calor del auto, y el infame animal se mantuvo con Michael, el joven experto en mecánica hasta que convenció a su esposa de adoptar al hermoso gatito.

En ese momento, la nueva mujer de Michael tenía un perro gris escocés mezcla de terrier / bichón / caniche al que llamaba Angus, así como un periquito llamado Max.

14

"Está bien, si no molesta a Angus", dijo Scarlett. Su perro yacía boca abajo, con los pies abiertos, en el borde de la alfombra del pasillo. Su cola golpeó cuando vio al gatito, que no estaba tan seguro de hacerse amigo de un perro.

Poco después de su boda en el fin de semana largo de mayo, se mudaron a la casa amarilla cerca del Aeropuerto Municipal cerca del centro de la ciudad como su primer hogar juntos. Al propietario no le importaba cuántas mascotas tuvieran siempre que mantuvieran el alquiler y el depósito de daños bastante grande para cubrir los daños o las alfombras arruinadas.

Angus ladró, miró y se sacudió mientras el gato callejero se deslizaba olfateando los perímetros de la sala de estar y la cocina, hacia las puertas abiertas de uno de los tres dormitorios y luego se disparó debajo de una cama doble, como si hubiera salido de una botella de mostaza.

"Hola, pequeño tigre", Michael lo persuadía intentando hacer que el gatito saliera de debajo de la cama. "¿Qué comen los gatitos?", preguntó a su novia y Scarlett se encogió de hombros. Ella era una persona de perros. Definitivamente no era una persona de gatos. Pero estaba de acuerdo con su nuevo marido y a Angus no parecía importarle el intruso. Más bien, trató de hacerse amigo de su nuevo compañero de cuarto, husmeando debajo de las faldas de la cama para obtener un buen olor del gatito, que no quería nada de eso. Scarlett tuvo que sonreír ante las payasadas de Angus.

"¿Cómo deberíamos llamarlo?", preguntó mientras abría una lata de sardinas y la metía debajo de la cama.

"Eso es todo", persuadió Michael. Empujó las sardinas hasta donde podía deslizarlas en la dirección del gatito, que siseó y retrocedió más. Angus meneó la cola, ladró suavemente mientras empujaba su nariz debajo de la cama. El gatito siseó de nuevo.

"Bujía", declaró Michael, arrastrándose a cuatro patas bajo la colcha de satén azul a los pies de la cama.

"No puedes llamarlo Bujía", objetó su esposa, sujetando firmemente el arnés del perro. Angus parecía aburrido. Ella sacó un poco de leche de un bote de galletas vacío en el tocador, y él babeó un poco y luego intentó enterrarlo debajo de la alfombra. Scarlett tomó a Angus por el cuello para sacarlo de la habitación. Cerró la puerta y pudo ver su nariz y patas escarbando en la mancha de luz debajo de ella.

"¿Por qué no? ¡Lo tengo!", Michael exclamó y arrastró la bolita de pelusa naranja que siseaba y mordía por debajo de la ropa de cama, cubierta con trozos de sardina.

De rodillas, Scarlett recuperó la lata y el resto del pescado. "Ugh. Pequeña cosa desagradable".

"Sé que no sabes mucho sobre gatos", él murmuró. "Eso no significa que no puedas aprender a amarlos".

"¿Qué pasa si a largo plazo no se lleva bien con Angus? ¿O con Max? ¿Y si se come a Max? Max no estaba acostumbrado a los gatos, ni al mundo exterior. Está recién comprado de la tienda de pájaros". En el fondo, tu periquito tuiteó e intentó imitar los maullidos frenéticos del gatito.

"Confía en mí", gruñó Michael y deslizó al gatito debajo de su camisa, acariciando al pequeño animal con rayas de tigre hasta que se relajó. "¿Por qué no llamarlo Spark Plug? Acabo de limpiar el carburador y los tapones del Sprite el mes pasado. ¿Por qué no Sparky?".

"No".

"Entonces algo elegante. Me gustan las motocicletas. ¿Qué tal ...?". Tuvo un recuerdo en su inteligente mente de un folleto de ventas de motocicletas Honda que estaba viendo el día anterior. "Rocker Patch", concluyó. "Podríamos llamarlo Rocker o Patch para abreviar".

"¿Qué significa eso?", preguntó Scarlett.

Le explicó: "Rocker Patch es una insignia que usa un miembro de un club de motociclistas para identificar al club y, a veces, la ubicación. Un club de motociclistas orientado a la familia generalmente solo tiene una insignia de una pieza o un 'rocker'. Los clubes de forajidos tienen insignias de tres piezas. También se lo conoce como 'volar sus colores' por los colores del regimiento militar".

"No me gusta", dijo la joven esposa. "No me gusta la idea de que alguna vez consigas una motocicleta o pertenezcas a una pandilla".

"No a una pandilla. A un club", insistió. "Pero olvida el tema".

"No eres un conductor seguro".

Su auto deportivo rojo Sprite tenía una nueva abolladura en la esquina delantera debido a su último accidente en el guardabarros. Sabía que ella pensaba que él era un conductor imprudente, pero para su mérito, y quizás su seguridad personal, nunca se lo mencionó cuando él estaba al volante.

Hubo ese desafortunado incidente en el que se enfureció cuando le preguntó. Nunca más, pensó Scarlett, asustada y algo atemorizada por su violencia como una repentina tormenta de verano del Todopoderoso Thor. No tenía a su disposición ni un arca, ni un puente levadizo para protegerse de la furia elemental de los caprichosos humores de su marido. Entonces, se quedó callada y, como decía su madre, desde la infancia hasta el matrimonio siguió siendo una niña "buena".

"Oh, sí, ya veo", dijo ahora, mientras Michael pasaba su brazo izquierdo alrededor de sus hombros y la abrazaba más cerca. "Es un club".

Dejó al gatito sobre un montón de sábanas. "Lo llamaremos Rocker Patch. Como que me gusta. Tiene conexión motociclista. Es una especie de gatito genial".

"¿Tenías un gato cuando eras niño?".

Él sonrió. "Sí. Nos dará buena suerte".

"Puede ser difícil conseguir que alguien lo cuide tanto como a Angus y Max cuando nos vayamos de vacaciones. ¿Crees que deberíamos dividir las visitas entre nuestras familias para Navidad y Acción de Gracias?", ella preguntó. "No he conocido a tus padres todavía, pero están más cerca que los míos en Fort St. John, ¿no es así? Pensé que tu familia vivía más cerca. Con una casa llena de mascotas en las que pensar, ¿tal vez ellos vendrían aquí en octubre?".

Ella abrió la puerta y dejó que su perro volviera a entrar en la habitación. Angus gimió y golpeó con el rabo la alfombra, ansioso por hacer amigos. El gatito saltó de su nido sobre las sábanas y se acercó para tocar las narices. "¡Oh mira! ¡Es tan lindo!".

El periquito cantó. Su hogar parecía completo.

"No veo a mi familia", dijo. "Es por eso que nunca los conociste. Por eso no pudimos tener una gran boda familiar. Tu sabías eso".

"Pensé que era porque mis padres dudaron al principio en asistir. Pero finalmente lo hicieron. Sorpresa".

"No. No quería a ninguno de mis parientes o familiares en nuestra boda. Tus padres, hermanas y la pareja que tuvimos como testigos fueron suficientes. Sin embargo, creo que nuestros amigos se sintieron decepcionados".

Ella lo tocó en el hombro. "Entonces cumpliste tu deseo. No me importa. Estaba tan contenta de que mis padres condujeran hasta aquí que nada más importaba".

"Incluso nos dieron un regalo. No esperábamos eso".

Para dos jóvenes que nunca habían conocido el amor, fue un comienzo desfavorable para su matrimonio. Pero ellos no sabían eso. Eran jóvenes e irreflexivos, y la buena comunicación no formaba parte de su naturaleza, ni lo esperaban. Tampoco, ninguno de los dos tenía mucho amor para dar, pero ambos ansiaban la cercanía y el escape de la soledad.

"Me gustaría conocer a tu madre", dijo ella.

"Tal vez algún día".

"Si tú y yo no nos hubiéramos conocido en tu compañía, es posible que no nos hubiéramos visto ni salido durante seis meses antes de comprar el champán rosa que te soltó la lengua para proponerme matrimonio. Puede que nunca nos hubiéramos casado".

Él resopló. "Todo es casualidad".

"No, no lo es", ella objetó. "No lo es, Michael Joseph Kane".

Cogió a Rocker y acomodó al suave y cálido gatito en su palma. "Te amo".

"Yo también te amo". Presionó su mejilla contra el cuerpo del felino naranja difuso. Se acurrucó y empezó a ronronear. Angus le puso el hocico mojado en la otra mano. Ella frotó la cabeza gris arrugada entre sus orejas en alerta. "Angus es un buen chico. Creo que se portará bien con el gatito, ¿no crees?".

Michael miró al perro gris con el pañuelo rojo alrededor del cuello, los cálidos ojos marrones que adoraban a su esposa y la cola golpeando suavemente. La voz de Michael sonaba diferente a él mientras murmuraba en tonos más profundos. "Sí. Ahora vayamos a la otra habitación. Quiero que probemos nuestro nuevo sillón reclinable. ¡Qué gran regalo!".

Ella se acurrucó en sus brazos suaves como el gatito. "¿Cabrán dos?", ella preguntó.

"Oh, sí", dijo. Max cantó mientras él la besaba.

CAPÍTULO 5

Scarlett sintió que su marido tenía dos lados, la ira y el amor, y nunca sabía cuál saldría a la superficie. Después de los tiempos en que se ponía inquieto, el reconfortante Michael ocupaba su lugar; dejó de caminar y su rostro se suavizó casi como si fuera otro hombre. En esos momentos ella lo amaba más. Casi compensaba los estallidos de rabia y el aislamiento que experimentaba cuando él se iba por noches enteras. Esto se vio agravado por una depresión inicial después del nacimiento de Troy que más tarde sería diagnosticada como de carácter post parto, pero ella estaba segura que se debía a factores extrínsecos. La depresión no se disipó por completo y luego se transformó en algo más siniestro.

A menudo, la dejaba sola por la noche con el bebé. En el tono naranja pálido de la tarde después del trabajo, Michael organizaba otra discusión que lo enviaba fuera de su casa durante horas. "¿Cuándo volverás, Mike?".

Él no respondía, bajaba las cejas mientras la miraba con esa mirada azul eléctrico que detenía su espíritu.

Encendía la luz del techo temprano por la mañana y la

despertaba antes de irse al trabajo. En esos momentos, despertada por una luz brillante a las tres de la mañana, pensaba que preferiría morir antes que aguantar otro día.

"La luz me lastima los ojos", se quejaba, pero no cuestionaba el momento ni las largas ausencias. Tenía miedo de despertar su brutalidad. Pero la idea de irse no se le ocurría. No tenía idea de cómo sobreviviría sin él.

"No, no es así", gruñía. "Tus ojos están cerrados. La luz no brilla a través de tus párpados. Vuelve a dormir".

"Lo haré", respondía ella, pero sufría obedientemente y él apagaba la luz.

"¡Querida!", Michael exclamaba a la mañana siguiente. "Te he preparado un Hoagie para el desayuno".

"Tu especialidad", comentó mientras el bebé succionaba sus pechos. Su esposo era intermitentemente cariñoso y lo que su madre llamaba 'un buen proveedor' como proyectista en la compañía de gas local, *Coral Bay Oil & Gas Inc.* Era un trabajo que pagaba adecuadamente, si no bien, y que coincidía con sus habilidades. Amaba su trabajo.

Scarlett había trabajado como secretaria de archivos para *Coral Bay* antes de su matrimonio. Después de su boda, dejó el trabajo y esperaba ser una 'mujer cuidada', un término que la hacía sonreír y la hacía querer a su marido, a veces, más que su presencia. Scarlett no tenía una buena educación más allá de la secundaria, pero Michael había asistido a la universidad durante dos años en un programa de ingeniería y sentía que él era más inteligente que ella. Ella luchaba por mantenerse al día, leía con voracidad y él a veces comentaba que ella era 'brillante' y que él era 'inteligente'. Ella no sabía la diferencia, pero se sentía apaciguada en su papel de ama de casa.

Planeaban otro hijo, esperando que una niña completara una familia de un millón de dólares. La llamarían Shannon porque el abuelo de Scarlett se había casado con una Shannon.

Esto no pudo ser, este pequeño paquete rosa de promesas no se materializó, ni tomó forma a través de muchos meses de fracaso. Michael, rudo y viril al hacer el amor, culpaba a su esposa. Se retiró del lecho nupcial y sus erecciones eran poco frecuentes.

"Me siento como un semental", se quejaba mientras el gato se posaba en el alféizar de la ventana y los miraba. "Solo estoy actuando para tener otro bebé. ¿Es eso todo lo que quieres de mí?".

Su hija seguía siendo una fantasía rosada en sus mentes, y las raras ocasiones en que Michael se volvía reflexivo y cariñoso, eran las ocasiones en las que ella apreciaba como quizás una promesa de lo que iba a ser del matrimonio y quizás la suave cuna de otra maternidad.

En lugar de pagarle a su esposa para que fuera al dentista, él la instaba a que le extrajeran los dientes y ella pensó que esta era solo una forma de hacerla más como su madre, aunque no conocía a su familia en absoluto.

Michael se volvió cada vez más distante e indiferente, y se mantuvo alejado más noches seguidas de las que estuvo con ella. A veces, antes de irse, antes de las peleas, era más cariñoso, inexplicablemente, agotando a Scarlett con la duplicidad de su personalidad. Odiaba y temía a su esposo, cuando escuchaba el sonido de su auto al doblar la esquina para regresar a casa. Ella conocía el sonido del motor sin ver el vehículo. Eso es lo mucho que su alma se esforzaba por unirse a la de él. Tenía miedo de que muriera en un accidente de tránsito con su nuevo Chevette. Sabía lo imprudente que era.

Michael, sin embargo, finalmente accedió a recibir asesoramiento matrimonial y ella pensó que estaba desesperado por aceptarlo, porque era menos hombre en la cama de lo que debería ser a los veinticinco años de edad, aunque decía que era demasiado mayor para disfrutar una noche de hacer el amor.

Scarlett llamó a Servicios Familiares una tarde después de consultar con Michael. "Le brindaremos asesoramiento dentro de su presupuesto", le aseguró la recepcionista. "Tenemos una escala móvil. No rechazamos a nadie. Creo que el Dr. Tumulak está libre la próxima semana".

Con Michael durmiendo en la habitación de al lado, hizo una cita para el martes siguiente con un trabajador social, el Dr. Lawrence Tumulak, para que los dos lo vieran y tal vez salvar su matrimonio. En la mente de Scarlett, todo dependía de Lawrence para solucionarlo.

"Es crítico, aunque dice que no", declaró Michael después de su primera cita, pero accedió a regresar. "Sin embargo, me agrada el pequeño hombre".

En unas pocas semanas, Lawrence comenzó a verlos por separado. No sabía nada de la infancia de Scarlett y no preguntó. Sus sesiones giraban en torno a su marido. Ella comentó un día que su madre había sido la persona fuerte en su familia. Lawrence frunció el ceño y su rostro se contrajo. Scarlett se dio cuenta de que estos dos hombres temían y odiaban a las mujeres fuertes.

"Me gustaría tener su contacto en mi bolsillo para poder consultarle cuando lo necesite", exclamó Michael un par de meses después. "Me encanta. Lloré y él simplemente me abrazó ".

Lawrence se inclinó sobre su enorme escritorio de teca hacia Scarlett en una de sus sesiones privadas. "Esto me asustó. Tu marido en el fondo es una mujer. Estuve a punto de decirle que es esquizofrénico, debido a los cambios de personalidad y de humor. Pero él es su madre".

"No conozco a su madre". Scarlett frunció el ceño. "¿No es freudiano culpar a la madre?".

"Freud tenía razón en todos los aspectos", respondió el terapeuta. "Cada mujer que conoce se convierte en su madre.

Castraste a tu padre y estás intentando castrar a tu marido. Es tu culpa que te golpee. Lo estás provocando. ¿Lo disfrutas?".

"No", dijo, "y tuve mucho cuidado de no provocarle a Michael otra ira". Funcionó durante un tiempo, pero se volvió retraída y más deprimida. Como decía su madre, era una 'buena niña'.

"Estás curada", declaró Lawrence a Scarlett después de un año. "Ustedes eran dos personas poco amorosas y les hice una nueva personalidad. No tienes que volver. Pero quiero ver a tu marido". Entonces comenzó su verdadera enfermedad.

Su cuerpo estaba manchado y roto en la parte inferior del paso elevado y su casco de motocicleta estaba partido en muchos pedazos por la fuerza del impacto de su cabeza sobre el poste de luz. Ella consultó a Lawrence una vez más.

"No fue un suicidio", dijo el terapeuta en respuesta a su sugerencia, mostrándole su agenda con múltiples entradas para Michael durante los próximos seis meses. "Me había llamado y cancelado sus citas".

No. No lo haré, idiota. Eres un bufón de la corte con un título falso. El terapeuta arregló su matrimonio, está bien. Arregló a Scarlett, de acuerdo. Seguro que arreglaría a Michael. Ellos confiaron en él y los destruyó a ambos.

CAPÍTULO 6

Scarlett sobrevivió, pero su depresión se profundizó y su alma se partió en dos como el corazón de Michael. Ella lo rechazaba y se aferraba al hijo que era su mayor tesoro. Ella sospechaba que necesitaba un nuevo padre, pero temía otra relación romántica, aunque se presentaban oportunidades. Dudaba que alguna fuerza en la tierra la restableciera de nuevo. Especialmente otro hombre.

Luego vino el fantasma de Michael, montado en el aire de medianoche sobre ruedas calientes de fuego y memoria, cantando una melodía de marea y furia. Nunca se había quedado tranquilo en su tumba. Las mismas paredes se movían con la rabia que permanecía y las luces de la razón se apagaban y parpadeaban en el cerebro de Scarlett.

Tenía dinero del seguro, cuidadosamente presupuestado, tenía recuerdos de un Michael amable y cariñoso que eventualmente reemplazaba el recuerdo del abuso. Pero la casa donde vivía y soñaba era un cubículo de malestar. El alma de Michael no descansaba.

De hecho, su alma no descansaba en absoluto. En las largas

tardes en las que planeaba las próximas semanas y escuchaba los sonidos en la habitación de su hijo, cosía de la tela de su ser anterior una nueva terquedad. Primero, tenía que demoler la mentira que había sido creada por el terapeuta freudiano, y el mundo deformado de su sexualidad y la disfunción de su familia, y tuvo que moldear el mundo que ella haría para ella y su hijo.

El hotel *Mother Goose* estaba al final de la calle de la casa alquilada que había compartido con Michael. Mientras una variedad de niñeras iba y venía, Scarlett se sentaba en la barra y bebía con hombres extraños. A veces los llevaba a casa.

Troy sufría su negligencia. "Tengo hambre, mamá", dijo, mientras ella yacía en la cama a las cuatro de la tarde, inconsciente por la bebida de la noche anterior. O ...

Su vecina Nancy la consolaba con frases trilladas. "Eres una buena mujer. Una persona agradable. No hay nada que no harías por un amigo. Sé que estás de luto por Michael. Pero ¿qué pasa con el niño?".

Scarlett estaba confundida y dividida. Lentamente, las piezas volvieron a juntarse cuando descubrió que podía comprar una botella de whisky de cereza en la licorería y beberla en casa sola. ¡No necesitaba ir a un bar! Podía beber en privado y en secreto, y así lo hizo.

"Tranquilízate, Scarlett", dijo Nancy, abrazando al niño pequeño, quien miraba a su madre con sus ojos azules llenos de dolor y confusión. "Mira lo que encontré en *The Journal*".

Un recorte de periódico con anuncios clasificados mostraba el nombre en letras pequeñas de AA (Alcohólicos Anónimos) y un número y nombre al que llamar. Brian.

Scarlett, desesperada y enferma, llamó al número dos días después.

"Yo me ocuparé de Troy mientras vas a la reunión", declaró Nancy, con sus ojos color avellana llenos de lágrimas. "Nunca te había visto así. El espíritu de Michael se angustiaría al saber cómo has caído, amiga mía".

"Ve a la reunión y ponte en sintonía con el problema", dijo Brian cuando ella lo llamó. "¿Dónde vives? Llegarás en un momento. Hay una reunión en North End en la iglesia anglicana, a solo diez cuadras de donde estás. Café, compañerismo, una nueva vida. Aguanta, querida".

Se sentó a la mesa con un grupo de fumadores mayores y dos mujeres y descubrió una nueva vida, como había dicho Brian. Alcohólicos Anónimos ha cambiado exponencialmente desde la década de 1970, pero en ese momento, Scarlett no lo encontraba adecuado para una mujer joven; sin embargo, se mantuvo firme y se alegró por ello.

El humo se sentía pesado en la habitación. Una gran olla de hojalata maltratada dispensaba taza tras taza de café negro caliente.

"Mi nombre es Scarlett y soy alcohólica".

Era lo más difícil que había dicho en su vida y lo más liberador.

"Hola, Scarlett". Un coro de voces amistosas y sonrisas amistosas la recibió. Se le pidió que hablara y lloró.

Ella estaba en casa. Después de seis meses, había recaído y bebido. "Ponte en sintonía con el problema", dijo Brian. Durante otras dos semanas estuvo sobria. Entonces ella 'lo entendió'.

Scarlett se regocijaba con su nueva salud y durante dos años más aceptó las fichas que había ganado en AA y no bebió.

Tres años después de la muerte de Michael, tomó el dinero del seguro y a su hijo y se mudó a un nuevo vecindario. La cura geográfica, declararon sus conocidos y amigos de Alcohólicos Anónimos. No regresó al grupo, sino que se forjó una personalidad más decidida. En su última reunión allí, cantó: "He sido una vagabunda salvaje durante muchos años ...".

Sus amigos se rieron y aplaudieron, le dieron pastel y café, y ella comenzó una nueva existencia con su hijo que era libre e independiente, pero no exenta de problemas o de los viejos fantasmas que sonaban en su teléfono en momentos extraños por las noches, manchas en la paredes de la habitación de Troy, y que brillaban con luces en los recovecos de sus casas, tanto antiguas como nuevas.

La bebida parecía estar relacionada con un problema de salud mental causado por un trauma. Quizás el terapeuta Lawrence Tumulak debería haber abordado el trauma, pero no lo hizo, y Scarlett siguió adelante de todos modos, a partir de una depresión nacida de hormonas y fuerzas extrínsecas. Como una manta mohosa y húmeda, le cubrió el cerebro y, como una mujer fuerte, se la quitó.

Más que ella, el beneficiado era su hijo Troy, que ahora tenía seis años y estaba listo para un nuevo hogar en Calder, la "cura geográfica", y una madre que realmente se preocupaba por ella misma y por él.

"Los niños son muy resistentes", comentó Nancy, sin saber de la oscuridad en una vida joven que aún no se había abordado.

CAPÍTULO 7

Los mecanismos de relojería que construía Michael y los motores inacabados de su taller en el garaje, seguían funcionando por sí solos durante semanas después de su muerte, luego permanecieron en silencio. En 1974, su esposa los empacó y los llevó con ella, a su hijo y al gato a su nuevo hogar en Calder.

Troy se había unido más a Rocker que a Angus, en cualquier caso, y el perro se quedaría en un buen hogar. Dos rupturas más con el pasado, le dijo Scarlett a Nancy, y Nancy estuvo de acuerdo en aceptar al perro y al pájaro en su casita de estuco gris junto al Aeropuerto Municipal. Rocker merodeó y maulló durante unos días, buscando a Angus, y la casa parecía en silencio sin el constante canto de Max. Pero Scarlett sentía que había tomado la decisión correcta.

"Es hora de seguir adelante", dijo su amiga, abrazándola. "El pasado se acabó, y las mascotas eran más de Michael que tuyas, en cualquier caso".

"Eso es correcto", dijo Scarlett, no sorprendida sino herida. "¿Como lo supiste?".

"Éramos vecinas y amigas, ¿recuerdas?".

"A veces creo que fuiste mejor amiga de Michael".

"No", protestó Nancy. "¿Qué te hace pensar eso?".

"La pasábamos muy bien juntos, ¿no es así, los tres?".

La boca de Nancy se encogió torcidamente. "Bueno, mi Jack nunca estaba aquí. Lo que obtienes por casarte con un camionero".

"Cuida bien de mis mascotas, por favor". Angus gimió y puso su hocico mojado en la mano extendida de Scarlett. Ella le rascó detrás de las orejas. Sacudió la cabeza y trotó hacia Nancy. "¿Ves? Le gustas más".

"Será un buen compañero para Scott. Scott extrañará mucho a Troy y yo te extrañaré a ti. Tendremos que mantenernos en contacto".

"Por supuesto". Pero Scarlett sabía que su vida ahora no tendría en cuenta a viejos amigos ni antiguas mascotas.

La casa de Kane, al parecer, estaba maldita. ¿La amante de Michael, o una de ellas, sin duda, hacía las llamadas después de la muerte de su amante, o las organizaba, además de las luces por la noche en la habitación del pequeño Troy? No eran inofensivas, sino algo del lado oscuro en el que su padre había estado involucrado, tráfico de drogas o alcohol y los bebedores menores de edad, o paquetes de hierba escondidos en los parques públicos por la noche, a la vista de los cómplices de Michael.

Sonó el teléfono y una voz disfrazada preguntó por Michael. "¿Está Michael Kane allí?". A veces pensaba que la voz le era familiar. Sabía que las llamadas llegaban porque él todavía recorría las calles y avenidas nocturnas de la ciudad a pesar de estar muerto. En sus sueños, escuchaba el salvaje estruendo de su motocicleta y veía el cráneo ensangrentado.

Michael no murió en la lluvia fría y oscura esa noche ni en la fría y oscura carretera resbaladiza con su motocicleta fuera de control y él luchó contra ella y luego cayó por el costado hacia el poste golpeando con la parte posterior de la cabeza y sus sesos se derramaron. Su alma ennegrecida viviría hasta que ella dijera: "Descansa en paz".

Ella no pudo hacer eso. Ella no podía dejarlo ir.

Ella lo amaba demasiado. Podría haber sido el amor lo que se aferraba a su memoria y ahora la inquietaba. Podría haber sido el miedo a los fantasmas de los recuerdos en su vida, ambos eran igualmente fuertes e igualmente válidos. Ella no lo sabía.

Las pequeñas máquinas de relojería que había hecho, los motores y los modelos de ferrocarriles industriales de hierro negro, los pasatiempos que lo consumían todo y que lo aislaban de ella, los odiaba y amaba. Ella los guardó.

Scarlett continuó el trabajo que Michael había comenzado en el oscuro sótano de su nueva casa, construyendo, lanzando hechizos, consultando horóscopos: todo el tiempo llena de pánico nacido de una fascinación retorcida con la obsesión de su alma y el peligro para el chico que amaba pero que podía no proteger, ni podía protegerse a sí misma.

Fue una pesadilla de la que no pudo despertar. A veces llamaba a la policía por las llamadas telefónicas, y una vez volvió a llamar a Lawrence, pero sobre todo libraba sus solitarias batallas, y Troy sufría.

A ella también le encantaba jugar, e imaginaba el placer de su hijo con los juguetes de su padre cuando fuera mayor. Además, era una parte de Michael que no podía dejar atrás. El único lugar en el que parecía encontrar paz era en su taller.

Tenía recuerdos de interrumpirlo allí con latas de cola,

sándwiches y un beso. Su esposo rara vez estaba contento en casa, y eran esos momentos los que ella apreciaba.

32

"¡Oh chico!", Troy exclamó cuando vio a los de la mudanza esperando en su nueva casa en Calder. "Traemos mis cortinas rojas y las cajas de herramientas de papá. Puedo verlos encima de las cajas".

"No olvidaríamos nada tan importante", respondió su madre. "¡Ahora vamos a tener nuevas experiencias!".

Poco después de que se mudaron por primera vez a la 'casa azul' como Troy llamaba a su nuevo hogar, Scarlett respondió al timbre de la puerta trasera y descubrió a tres de sus vecinas sentadas en su rellano gris trasero. Sorprendida y complacida, Scarlett aceptó una cazuela de atún y una bienvenida igualmente cálida, junto con una sartén de brownies horneados en casa.

Cada nueva amiga tenía niños pequeños que iban a la escuela Calder, a excepción de la también viuda Leela Balakrishnan del sur de la India, cuya hija y su hijo asistían a la escuela católica St. Edmund, al final de la cuadra. Penny y James Cardinal con sus cuatro hijas pequeñas y un hijo, Stevie, vivían al otro lado de la calle de la tienda.

Karin Sivertsen y su esposo Víctor, quien trabajaba como supervisor en el patio del ferrocarril CN Walker, vivían en una bonita casa cerca de la carretera que pasaba por las vías del tren. Sus hijos gemelos eran iguales que Troy en edad y apariencia, ambos eran de pelo rubio, altos pero robustos como sus padres.

Las cuatro niñas Cardinal tenían entre nueve y un año de edad. Stevie era un buen chico de la edad de Troy. Penny pasaba horas arreglando el espeso cabello negro de las niñas en trenzas y ondas, y James Cardinal desfilaba con orgullo con su familia todos los domingos a la cercana Iglesia del Evangelio Cuadrangular. Troy solía suplicarle ir con ellos porque Stevie era su mejor amigo y Scarlett pensaba que podría ser una buena idea. Dudaba porque pensaba que también debería asistir, pero no estaba lista para hacerlo.

"¿Qué piensas?", preguntó Leela a Scarlett mientras tomaba té y muffins en la cocina. "Troy tiene seis años ahora, casi lo suficientemente mayor para tomar la primera comunión".

Scarlett se mordió el labio. "Tus hijos son católicos. No creo que la iglesia de Penny tenga las mismas creencias. Troy es un niño extraño, lleno de fantasmas y susurros del pasado de su padre, aunque apenas se acuerda de mi esposo, solo hay recuerdos en su mente de Michael llevándolo al circo una vez cuando apenas tenía tres años y su papá llorando en medio del acto del payaso porque nuestro matrimonio se acababa, y nadando en la piscina de *Coronation* donde Michael le enseñó a saltar del trampolín a sus brazos".

Leela se puso de pie de un salto para ver a los niños que jugaban en su patio trasero. Ella susurró por encima del hombro: "¿Troy te ha pedido alguna vez un nuevo papá? Mi pequeño Paul y Daisy sí...".

"No", respondió Scarlett. "Quiere a su papá de vuelta. No

creo que haya comprendido nunca que la muerte es para siempre".

Su amiga frunció el ceño mientras regresaba a la ordenada mesa de la cocina. Untando mermelada en un panecillo de dátiles, sirvió más té para Scarlett y se acomodó contra el respaldo alto de la silla marrón de Naugahyde y cromo. "Mis hijos querían mucho a su padre, pero eso fue hace mucho tiempo en sus mentes y estaban tan descontentos con las muchas visitas al hospital, y se despidieron tantas veces antes de que el cáncer finalmente se lo llevara".

"Consideramos regresar a India, pero su hogar está aquí. El mío también, de verdad, aunque mis padres y hermanas todavía están en Mysore. También está la cuestión de la fe. Cuando Joachim y yo nos comprometimos, sus padres estaban en contra del matrimonio porque eran católicos y mi familia era hindú. A mi familia tampoco le agradaban los católicos. Querían arreglarme un matrimonio con un chico de una buena familia india. Yo no quería nada de eso".

Scarlett añadió miel a su té. La cuchara sonó contra la taza de porcelana. Ella frunció los labios. "¿Entonces que hiciste?".

Leela se rió. "Nos fuimos".

"Oh".

"Sí, durante tres o cuatro meses antes de la ceremonia, asistimos a clases de preparación para el matrimonio sin el conocimiento de nuestras familias. Cuando llegó el día, nos fuimos con dos buenos amigos que fueron nuestros testigos, y nos casamos en la histórica y hermosa iglesia de St. Philomena en Ashoka Road. Uno de los sacerdotes era un buen amigo de Joachim de la universidad que conocía la situación, y con bastante pesar realizó la ceremonia. Sin embargo, tuvimos su bendición y la bendición de la Iglesia. Eso era importante para mi esposo.

"Para cuando nuestros padres se enteraron, ya era demasiado tarde. Intentaron anularlo. Pero ya habíamos tomado una luna de miel de dos semanas en Sri Lanka y yo estaba embarazada de Daisy cuando llegamos a casa, aunque nadie lo supo hasta un mes después".

"Qué romántico", dijo Scarlett efusivamente, apagando su cigarrillo en un cenicero de peltre. "¡Y qué miedo! ¿Tenía dinero la familia de Joachim?".

"Eran muy ricos y mi familia pobre. Esa fue otra fuente de disensión".

"¿Entonces que hiciste?".

Leela sonrió. " Sus padres primero me pidieron que firmara un papel para que nuestros hijos fueran criados como católicos, luego nos dieron una gran suma de oro y efectivo para ir a Estados Unidos. Cuando llegamos, elegimos Canadá. El resto lo sabes. Joachim enseñó física en la Universidad de Alberta hasta su muerte". Se pasó sus delgados dedos enjoyados por la cara y frunció el ceño. Su alegría se había desvanecido. "Cáncer de páncreas...".

Hubo silencio en la habitación por unos momentos mientras las dos amigas consideraban sus pérdidas. "Fue hace años. Mis hijos no lo recuerdan bien y les gustaría tener un nuevo papá. Es difícil. No puedo reemplazar a un hombre tan bueno".

"Por supuesto que no". Scarlett puso su mano pálida sobre los dedos de Leela.

Ambas mujeres negaron con la cabeza y sonrieron. Se pusieron de pie de nuevo para ver cómo estaban los niños en el patio trasero. Troy, Daisy de doce años y Paul de diez estaban construyendo un fuerte con tablas viejas, un martillo y clavos de una lata estropeada.

"Niños, ¿les gustaría un poco de jugo?", llamó a la amiga de Scarlett y al oír las entusiastas respuestas positivas, colocó cinco vasos de plástico en una bandeja de plata y los llenó de limonada. Scarlett llevó la bandeja al patio, donde admiró sus habilidades de construcción.

Las mujeres decidieron sentarse en sillas de jardín de tela de plástico cerca del área de juegos en el jardín. Cada silla estaba equipada con un portavaso. Bebieron refrescos y disfrutaron de los rayos del sol de la tarde que se alargaban en este agradable día de otoño.

Leela movió sus piernas desnudas sobre el borde de la silla. "¿Tienes planes?", ella preguntó. Scarlett enarcó sus cejas castañas oxidadas.

"¿Qué planes? ¿Planes para qué?".

"¿Tienes algún plan para el futuro, ahora que estás establecida aquí en Calder y Troy está en la escuela?".

Scarlett negó con la cabeza. "No hago planes para el futuro. Son demasiado inciertos".

"Todo el mundo tiene metas".

Scarlett se encogió de hombros. "Eso es diferente".

"Sí, probablemente tengas razón". Leela colocó su bebida en el portavaso. Ella cruzó las manos en su regazo y luego las desdobló. Ella suspiró.

"Sabes a qué me refiero, Scarlett. Estamos a la deriva desde que murieron nuestros maridos. No tienes un trabajo de verdad. El mío es a tiempo parcial y temporal. Tenemos hijos que crecen sin padres. Voy de puerta en puerta para el Cross Cancer Institute y tú organizas fiestas en casa para Candle Party Lite. Sé que solías trabajar fuera de casa en una compañía petrolera antes de que naciera Troy. Me has dicho que ahí fue donde conociste a Michael".

"Pero ahora, Scarlett, no hacemos nada. Nos levantamos por la mañana, nos vestimos, nos vemos guapas para nuestros amigos e hijos, visitamos a nuestros vecinos o en mi caso, vamos a trabajar tres tardes a la semana. Nos preocupamos por nuestros preciosos hijos, que crecerán sin padres y finalmente nos dejarán. Envejeceremos".

"He pensado en eso". Scarlett miró a los niños felices, parloteando y gritando mientras construían el fuerte de su casa de juegos.

CAPÍTULO 9

Troy, de seis años, corrió hacia su madre. "¡Mamá, mamá!".

"¿Qué querido?". Ella apartó una brizna de hierba de su cabello castaño. Estaba creciendo alto, como su padre, y su cabello rubio y rizado se estaba volviendo más oscuro, como el de ella.

Paul dice que puedo ir a una pijamada en su casa esta noche. ¿Puedo? Por favor".

Scarlett miró a Leela, que sonrió y se encogió de hombros. "Claro", dijo Leela. "Eso está bien para mí".

"¿Por favooooor, mamá? ¡Será divertido!".

"Es una noche solitaria, solo tú y yo, ¿no?". Scarlett preguntó a su hijo en voz baja. Sacó un cigarrillo mentolado del paquete y encendió un cerillo. Troy la abrazó.

"Sí", dijo.

"Está bien", dijo. "Sólo esta noche. Recuerda, mañana es la escuela".

"Paul va a una escuela diferente a la mía. Va a St. Edmund".

"Lo sé. Eso no es un problema. Irás a Calder como siempre, volverás a casa para almorzar. Te veré luego".

"¡Vaya, gracias, mamá!", Troy se apresuró a unirse a Paul y Daisy al costado de la casa. Los sonidos de martilleo cesaron.

"Sé lo que piensas", le dijo Scarlett a Leela, haciendo pucheros de humo sobre su cabeza. Llevaba sus anillos de boda en el dedo anular de la mano derecha. El recatado diamante captó el último destello del sol poniente.

Aunque el césped todavía estaba verde, un maestro pintor había captado la miríada de dorados y rojos del atardecer en el rico follaje que bordeaba los maduros bulevares. Un avión a reacción fluyó su estela sobre una vasta extensión de azul, como los ojos de Scarlett, grabando un signo de exclamación blanco en la pizarra azul del cielo.

"Nos lo debemos a nosotras mismas y a los niños", aventuró Leela, acercándose más a su amiga. "Pero no puedo soportar pensar en eso".

"Yo tampoco", respondió Scarlett. "¿Otro marido? ¿Pero quién?".

"Hay alguien en mi iglesia ...". Leela sonrió y le guiñó un ojo. "Pero es tan viejo".

"¿Es rico?".

Leela se rió. "No lo sé".

"¿Es guapo?", Scarlett sonrió. Puso el cigarrillo bajo el tacón de su sandalia. Crepitaba en la hierba, ahora cubierta de rocío en el crepúsculo de otro día que terminaba.

"Creo que sí". Su amiga le devolvió la sonrisa. "Ese tipo de la tienda de conveniencia, John Águila. Le gustas, creo. No es rico. Sin embargo, es un poco guapo y es un hombre muy bueno".

Scarlett se puso seria. "No", dijo ella. Echó hacia atrás su silla de jardín, se puso de pie y se estiró. Se agachó y pellizcó el cigarrillo aplastado entre el índice y el pulgar. "¿Dónde pongo esto, Leela?".

"En la taza estará bien", respondió su amiga.

El fuerte de los niños estaba desierto. Habían corrido hasta el frente de la encantadora casa blanca de Leela y estaban jugando a patear la lata en la acera. Las dos madres se sentaron en el porche delantero y los miraron.

"¿Sabes, Leela?", Scarlett arrugó la frente. "Troy todavía ve luces en su habitación por la noche, principalmente después del anochecer, escucha sonidos antes de los destellos que describe. ¿Quizás alguien nos está espiando? ¿Quizás alguien está detrás de mi hijo? Siempre lo he descartado como una fantasía infantil. Creo que tenía miedo de averiguar qué o quién es realmente. O que mi hijo está loco". Ella soltó una risita corta. "O lo estoy yo. ¿Qué piensas?".

"Troy no está loco", dijo Leela, cruzando los brazos. "Eso lo sé. Tú tampoco estás loca, pero será mejor que te controles, Scarlett. No me lo habías dicho antes. ¿Tiene algo que ver con las llamadas telefónicas que recibes todavía, después de todos estos años?".

"No lo sé. ¿Crees que debería llamar a la policía de nuevo?".

La frente de Leela se arrugó. "Definitivamente podría estar inventándolo, extrañando tanto a su papá, el trauma. ¿Te mudaste para alejarte de eso?".

"No, no por eso", objetó Scarlett. "Me mudé porque quería un hogar permanente para mi hijo y para mí. Pero sí, continúan las llamadas telefónicas. Existe la sensación constante de ser espiados. Mi hijo se queja de alguien que mira en su habitación por la noche con una linterna y araña las paredes. Incluso ahora, cuando las cortinas son tan gruesas y están bien cerradas sobre su ventana, dice que ve luces fantasmas en su habitación".

"Entro allí cuando él me llama, pero nunca veo nada. La policía es inútil, no tiene nada concreto que perseguir.

Descartan mis miedos. Intenté llamarlos un par de veces. Pero nada".

"Tienes que investigar más", dijo Leela. "En mi rol de trabajadora social, cuando llegamos por primera vez a Canadá, vi muchos eventos extraños e inquietantes y conocí a algunas personas viciosas y diferentes, así como a muchas personas buenas como tú".

Ella apoyó una mano gentil sobre el hombro de Scarlett. "Ahora aquí, nuestros hijos nos necesitan. Hablemos de esto mañana, ¿de acuerdo?".

"Iré a casa a buscar el pijama de Troy para esta noche y la ropa para mañana por la mañana", dijo Scarlett. "Gracias por escucharme. No creo que haya nada de qué preocuparse. No hemos sido lastimados en los tres años desde la muerte de Michael, y no hay nada que nos vaya a hacer daño ahora, estoy segura. Es tan ... tan extraño que Troy tuviese los mismos delirios, desde que su padre murió, de que alguien lo espiaba por la noche, una y otra vez, y en dos vecindarios completamente diferentes durante un lapso de varios años".

"Estoy enojada conmigo misma por no insistir en hacer algo antes. Fui una mala mamá".

"No, eres una buena madre", objetó Leela. "A veces se siente más seguro estar en negación".

"No estoy en negación", espetó Scarlett, luego se detuvo y se dio una palmada en la frente. "¡Supongo que soy yo!"

Los niños seguían jugando a patear la lata, ajenos al giro que había tomado la conversación entre sus madres. Scarlett se levantó y cruzó la calle hasta su modesta casa, recogió las pertenencias de Troy y las apretó contra su pecho mientras caminaba con dificultad hacia la casa de Leela.

"Voy a dormir en su habitación esta noche", le dijo a su amiga. "Voy a ver qué pasa. Ya sabes, el pequeño siempre ha dormido solo".

"Los Cardinals duermen todos juntos. Son camas musicales en su casa", dijo Leela. Ella tomó el paquete de ropa. "Es su costumbre. Creen que es cruel dejar que nuestros hijos duerman solos".

El teléfono de su pared estaba sonando cuando Scarlett llegó a casa esa noche. No respondió. Tampoco durmió en la habitación de Troy. Tenía miedo de hacerlo.

CAPÍTULO 10

Junto a su nuevo hogar en Calder brillaba una pista de patinaje comunitaria y una choza. Al final de la calle, una tienda de conveniencia vendía barras de chocolate en paquetes de cuatro, cigarrillos mentolados, hogazas de pan con tantos conservadores que la hogaza podría servir como piedra angular durante un siglo y aún estar fresca, y la leche a menudo pasaba su fecha de vencimiento, que Scarlett se negaba a comprar.

John Águila, de mediana edad y guapo, era el dueño de la tienda. Tenía sus ojos puestos en Scarlett desde el primer día que entró en la tienda. Ella notó su tez naturalmente oscura y su nariz aguileña española, sus abdominales debajo de los suéteres de algodón que usaba, con solo un toque de una panza adorable, y la forma en que sus bíceps se hinchaban mientras manejaba las pesadas cajas en la parte trasera de la tienda. Era un contrapunto interesante para su difunto esposo rubio, pero de todos modos, ella no estaba interesada en otro hombre.

Solitaria, a menudo se quedaba a charlar unos minutos en

medio del gorjeo de sus periquitos colgados en una jaula de bronce antigua junto a los estantes bien surtidos.

"Tenía un periquito llamado Max", comentó mientras John se ocupaba de limpiar el mostrador. "La tienda donde lo compré dijo que podían aprender a hablar como un loro".

"¿Alguna vez lo intentaste?", preguntó John, sonriéndole.

"No. Parecía demasiado problema y para entonces ya teníamos a nuestro pequeño para mantenerme ocupada".

El dueño de la tienda se detuvo y dejó la tela. "Me voy a escapar y cerrar la tienda durante dos meses en el invierno, así que no siempre estaré aquí para ayudar. Pero mientras esté aquí, estaré feliz de poder ayudarte, si alguna vez necesitas algo".

"¿Qué tipo de cosas?".

"Podría llevar pan y leche fresca a tu casa por un pequeño cargo adicional en la entrega, para que no tengas que venir tan a menudo cuando tengas que cuidar el niño y todo. ¿Qué piensas de eso? Lo hacía por la familia que solía ser dueña de tu casa. No es ningún problema".

Ella estuvo de acuerdo para los meses de invierno, excepto enero y febrero, cuando el comerciante cerraba su tienda.

"Tienen que estar frescos", advirtió.

"¿Para ti? Por supuesto", respondió. "Recibo existencias nuevas todos los lunes por la mañana. Entregaré los lunes por la tarde. No es gran cosa".

Scarlett corrió a casa, segura de que acababa de hacer avances en una nueva experiencia interesante. Ciertamente, todavía no estaba lista para otro hombre en su vida. Al principio, no estaba segura de que siquiera le agradara John Águila; pensaba que se estaba entrometiendo. Pero como dijo Leela, era bastante obvio que le gustaba. Mmmm, como todos los alcohólicos en recuperación, el escenario se desarrolló en la cabeza de Scarlett como una película, y antes de que regresara a su puerta, estaba segura de que no lo dejaría entrar a su casa, incluso si él venía a entregar leche y pan o lo que fuera. La tarjeta que le había puesto en la mano antes de que saliera de la tienda iría inmediatamente a la basura.

En cambio, colocó la tarjeta en el escritorio antiguo de su sala de estar, en la parte de atrás con recibos y facturas, y se olvidó de ella hasta muchos meses después.

John Águila continuó cobrando los cheques de bonificación de su bebé por ella y le daba a Troy pequeñas golosinas. John pensó que Troy necesitaba un papá. Scarlett estaba decidida a que Troy la necesitara a ella y a nadie más.

"Aquí tienes, hombrecito", dijo. "¿Te gustan las naranjas?".

John no sabía lo malvada que era o cómo lastimaba a quienes la amaban, ella pensó. Nadie lo sabía excepto Michael. Era un secreto.

En un par de años, su persistencia y la proximidad cercana y la naturaleza femenina de Scarlett dieron como resultado una cómoda relación de género opuesto que duraría toda la vida, pero, por desgracia, John, no despertaba la misma chispa de deseo o le encendía su pecho o la llevaba a consumar algo para completar su vida. ¡Nostalgia!

Eso pertenecería para siempre al hombre conocido como Michael Joseph Kane.

CAPÍTULO 11

La noche de la muerte de Michael, la mujer delgada de cabello castaño que era su esposa yacía boca arriba en su cama doble en la habitación con las paredes moradas y la alfombra blanca de piel de cabra, y miraba los patrones cambiantes en el techo. Era tarde; muy tarde.

La lluvia había cesado y las nubes se despejaban para permitir que la luz de la luna brillara sobre las botellas que cubrían el tocador. Ella cerró los ojos.

A las cinco de la mañana, Scarlett se despertó con el timbre de la puerta principal. Tropezando, se puso la bata y se enfrentó a los dos agentes uniformados en la puerta. "¿Señora Kane?".

"¿Sí?". Su corazón dio un vuelco al ver a los policías, uno alto, flaco y serio, el otro una mujer pequeña que fruncía los ojos y torcía la boca, preparada para dar malas noticias. Scarlett lo sabía. Ella agarró la jamba de la puerta.

"Ha habido un accidente".

"Sí". Scarlett se sintió muy tranquila. El aire entró a chorros en sus oídos, dejándola temporalmente sorda, pero su voz era firme, aunque resonaba en su cabeza.

"¿Podemos entrar?".

Sin voz, se hizo a un lado.

Había sido un conductor imprudente. Siempre. Ella lo sabía. Siempre. Era hora. El meridiano adecuado había coincidido con las estrellas. En medio de la noche, su esposo había estado viajando demasiado rápido por calles resbaladizas sobre el paso elevado de Groat Road, en el camino hacia el lado sur de Edmonton. La Honda CB-750 es una motocicleta de última generación. Una súper moto, dirían algunos, y la primera de su tipo, pionera en motos y un motor enorme para la época. Michael había recibido cuarenta y cinco minutos de instrucción antes de sacarla del estacionamiento dos días antes.

En 1971, un conductor de una motocicleta en Alberta no necesitaba una licencia especial, más que su licencia de conducir de automóvil. Eso iba a cambiar, pero fue demasiado tarde para el desventurado e imprudente Michael, su familia y su amante.

El gran motor había sido demasiado para él para poder manejarlo, su motocicleta patinó en el paso elevado en una calle mojada, la niebla negra en su rostro, su casco aplastado por el estándar de luz que golpeó con la parte posterior de la cabeza a ciento cuarenta kilómetros por hora. Demasiado rápido, demasiado pronto, tan joven.

Tenía veintinueve años, tres más que Scarlett. Ahora siempre sería joven, nunca envejecería. ¿Qué había dicho sobre cumplir los treinta? Prefería ser siempre joven.

Joven para siempre. Su rostro estaba pálido y sus manos temblaban. Aun así, ella no lloró.

"Sí", dijo en respuesta a una pregunta del alto oficial de policía. "Los acompaño. Dénme un minuto para vestirme y llamar a mi vecina. Tenemos un hijo".

"¿Podemos hacer algo para ayudarla, señora?". La policía no la miraba a los ojos.

"Pueden regresarme a casa de nuevo", dijo Scarlett.

Tenía que identificar el cuerpo sucio y calcinado de su marido. "Sí", dijo. "Ese es él". Se dio la espalda porque ella no podía ver que le faltaba el resto de la cabeza.

Su amiga Nancy Clarke, aunque tan afectada como Scarlett por la noticia, cuidó a Troy durante el resto de la madrugada. Blanca y fantasmal, la luna se puso en una maraña de árboles y nubes, pero en menos de una hora, la luz dorada del sol se derramó sobre la cocina desde el Este.

"¿Están seguros de que el cuerpo es de Michael?", preguntó Nancy. Scarlett al principio no respondió. No había respuesta para eso.

"Sí", dijo. Nancy se quedó quieta y en silencio. Las lágrimas corrían como ríos en miniatura por las comisuras de su boca.

Scarlett se sentó más tarde, en la silenciosa sala de estar, cuando terminó, abrazó a su hijo. Ella le explicó lo mejor que pudo que su padre no volvería.

"Es como si estuviera durmiendo", explicó. "Pero no se despertará".

"Despiértalo, mamá".

"Nunca se despertará, Troy. Él está en el cielo".

Troy quería subir al cielo en helicóptero para recuperar a su padre.

"¿Queríamos que mi papá muriera?", preguntó finalmente. "¿Podemos recuperarlo?".

Los hombros de Scarlett se hundieron. Ella no podía llorar. La pérdida era inevitable. No quedaba ningún sentimiento. El entumecimiento paralizó sus brazos. "No, Troy".

La esposa de Michael Kane se aferró a su hijo, hasta bien entrada la noche siguiente, y durmió con el niño y su gato en su habitación con las paredes moradas y la alfombra blanca de piel de cabra, en la suave cama doble, con los pisos relucientes y la cómoda inmaculada, las botellas en la parte superior brillaban a la luz de la luna.

Después del funeral, cuando sus amigos, sus hermanas, sus padres y otros familiares se fueron a casa, Scarlett yacía sola en su dormitorio, retorcida de angustia. Sentía el sabor de la bilis en la garganta, le palpitaba el estómago y maldecía a su marido por morir tan joven y dejarla sola con un niño, un cuerpo dolorido y una cama vacía. Empezó a llorar. El gato de Michael, Rocker Patch, se acurrucó junto a ella y el niño, casi en el pecho de Troy, y fue un pequeño consuelo para su pérdida.

CAPÍTULO 12

Años más tarde, en Calder, la amiga de Scarlett Leela enviaba a los niños y a su hija a la escuela católica frente a su bonita casa blanca, y a Troy, con su bolsa de libros a la escuela primaria protestante .

Leela pensó en su trágico pasado y la incertidumbre del futuro, brillando a la luz del sol como los gases de escape en un camino húmedo temprano en la mañana hasta la profundidad.

Su difunto esposo Joachimm siempre decía que un hombre que tenía una aventura con su secretaria no era un hombre real, ya que su deseo estaba por debajo de su posición en la vida. Él mismo tendría sexo con su supervisora si tuviera una, dijo en broma, y Leela le creía, los cerebros de sus colegas mentalmente derrotados le daban fuerza y astucia. Leela sabía que Scarlett sospechaba que la secretaria de su marido era la mujer fatal al final del largo viaje nocturno hacia la muerte de hace siete años. Qué terrible, pensaba, tener un marido en el que no se puede confiar. Sonrió cuando pensó en su Joachim, tan fuerte y moreno, y un esposo y padre tan amoroso.

Cuando su amiga común y vecina Dorothy Smith pasó a

grandes zancadas en su caminata matutina desde el bungaló al otro lado de la calle, Leela encontró la resolución de su meditación sobre la segunda taza de té para llamar a la llamativa mujer de cabello castaño rojizo.

Los brazos de Dorothy bombeaban el ritmo de su caminata y sus dedos acariciaban el fantasma blanco de un cigarrillo. Se detuvo ante el saludo de Leela. Ella estaba de pie en el porche delantero de su casa adornada con flores, con la puerta entreabierta.

"¿Quieres pasar a tomar una taza de café?", llamó Leela a su amiga. "Escuché el timbre de la escuela hace unos minutos. Estaremos a salvo".

"¿Por qué no te estás preparando para trabajar?", preguntó Dorothy, mientras se detenía y aplastaba el trasero bajo el tacón de su zapato masculino. "A la ciudad no le gusta que llegues tarde todo el tiempo por culpa de los niños. Debes estar durmiendo con tu jefe para tener todo el tiempo libre que tengas. ¿O ser de los trabajadores especiales?".

"Mi supervisor Boris conoce la situación". Leela cerró la puerta detrás de ella y se paró en los escalones, una mano delgada acunaba su taza de té mientras la otra acariciaba la barandilla de hierro forjado que corría por el lado de las escaleras alfombradas hasta la puerta principal de cedro rústico. "Trabajo a tiempo parcial", le recordó a Dorothy.

"Excepto en los veranos, cuando tengo dos meses de descanso. Estamos cómodos. No es necesario quejarse. ¡Y si quisiera acostarme con alguien, elegiría a alguien mucho más guapo qué Boris!".

Dorothy subió a grandes zancadas por la acera delantera y se sentó al pie de los escalones de la entrada. "Toma uno de estos". Le ofreció un paquete de cigarrillos arrugado a Leela, quien tomó uno y se pasó la mano por el corto mechón oscuro de su cabello.

"Estoy tratando de dejarlo. Pero está bien, solo por esta vez". Dorothy encendió un cerillo y también lo hizo para su amiga. Leela tiró con fuerza del palo con punta de corcho antes de darse la vuelta y empujar la puerta detrás de ella. Joachim odiaba que fumara. Incluso ahora, seis años después de su muerte, su estómago se sentía incómodo cuando volvía a dibujar en la varilla del cáncer. Lo molió en el costado del escalón de concreto.

Unos minutos más tarde, sacó una taza de café humeante con una cuchara y la colocó en la mano de Dorothy. "Espero que no te importe, es instantáneo. Era demasiado pronto para preparar una cafetera".

"Me gusta. Hablando de temprano, ¿a quién ves que viene a unirse a nosotras? Nuestra misteriosa vecina".

"Intriga, seguro", asintió Leela.

Dorothy sonrió y saludó exuberantemente a la alta figura de Scarlett que cruzaba la calle hacia la casa de Leela, donde las malvas corrían por las paredes de estuco de California casi hasta las tejas de cedro rojo.

Las tres vecinas se acomodaron cada una en un escalón y observaron su mundo más allá del seto de algodón de Leela.

"¿Troy estuvo bien anoche?", preguntó su madre.

"¿Por qué no lo estaría?", preguntó Dorothy, y pasó los dedos por su corona rojiza. "Era tarde y jugaron afuera hasta pasadas las ocho. Probablemente se durmieron tan pronto como sus cabezas golpearon las almohadas".

Scarlett se echó a reír, sonando como el tintineo de demasiadas campanas. "No, no lo creo. ¿Leela?".

"Por supuesto que no, querida. No se quedaron dormidos hasta casi las once. Esta mañana se levantaron a las seis. Fue duro".

"¿Comió?".

"Oh sí. Le tomó veinte minutos comerse la tostada y el

huevo, pero lo hizo. Seguro que será siempre delgado, ¿no es así, Scarlett? Va a ser alto como dices que era Michael".

Podían oír el ruido del tráfico en la Avenida 132, a una cuadra de distancia. Una motocicleta rugió. En la escuela St. Edmund, al otro lado de la calle, sonó un timbre y unos minutos más tarde los niños salieron al patio de recreo.

Leela saludó con la mano cuando vio a Daisy saltando con los demás hacia las barras. Se balanceó desde las barras altas, presumiendo ante su mamá y las amigas de su mamá. Scarlett sabía que Troy estaba solo al lado de la valla de Calder y miraría a los demás jugar, porque su mejor amigo estaba enfermo en casa y él era un niño tímido.

Él y Stevie Cardinal solían tomarse de la mano e ir juntos a la escuela, pero Stevie estaba en casa enfermo de varicela y Scarlett estaba preocupada de que Troy se la trajera a casa. Se sentía incómoda con las enfermedades de los niños y nunca había tenido varicela; sobre todo, temía el herpes zóster resultante si ocurría más tarde en la vida. Por supuesto, cuidaría de su hijo y lo llevaría al pediatra, pero no había nacido para el papel de enfermera y le preocupaba la muerte.

Pero la mañana era fresca, limpia y luminosa, y las tres vecinas se sentaron y fumaron y charlaron sobre su café y té de media mañana. Conversaron alegremente durante otra hora hasta que los niños corrieron a casa para almorzar.

Scarlett pasó el resto del día limpiando su "casa azul" hasta que brillara y oliera a cera fresca para muebles y para pisos, tan bienvenida en medio de los malos recuerdos que Dorothy insistía en que olía mal.

Un buen amigo de Troy en la escuela Calder lo protegía de las pequeñas crueldades habituales de la infancia y la proximidad de una escuela de otra fe, los estudiantes de St. Edmund y Calder estarían perpetuamente en guerra unos con otros. Hoy y durante otra semana, Troy regresaba a casa solo y se agachaba con su gato Rocker frente a su nuevo televisor de color RCA, de última generación, sin tubos, y rezaba para que el Coyote atrapara al Correcaminos, sólo por esta vez. ¡Y se lo comiera!

Scarlett sonrió.

Luego llegó la noche y con ella las pesadillas. En sus sueños, Troy cabalgaba detrás de su padre hasta un crescendo de robots devoradores y música que aumentaba en su cerebro incluso después de despertar. A menudo soñaba que un niño pequeño tenía frío en sus brazos y se salvaba de una zanja fría de agua congelada. Al despertar, Scarlett se daba cuenta de que se había quitado las mantas y la ventana estaba abierta.

Siempre presente en la casita de Scarlett con el techo plano y el porche en la parte de atrás siseaba el fantasma de un recuerdo. Las cortinas rojas de Troy temblaban, aunque las ventanas estaban abiertas sólo una pulgada y el viento soplaba por las esquinas de la habitación con el payaso pintado en la pared opuesta a su cama, como en su última casa. Donde Scarlett había dormido anoche en su habitación, una presencia invisible se inclinó para besar la almohada arrugada.

El tráfico a media mañana retumbaba en la Avenida 132. Una motocicleta pasó. Aunque Rocker se acostaba con Troy, el gato estaba asustado y a menudo desaparecía durante largos períodos de tiempo deambulando por la casa, llorando ante las sombras y asustando por los pasillos. El gato enloquecía a Scarlett en esos momentos.

La foto de Michael sosteniendo a un bebé dormido, apoyada contra una maceta en la cómoda blanca de Troy. Michael Kane se parecía al presidente John Kennedy. Al morir, los directores de la funeraria, al no tener una foto, le arreglaron mal el cabello y no se parecía a él mismo. Scarlett tuvo que decirles cómo peinarlo.

Insistió en que enterraran a su marido con el anillo de rubí que le había regalado para la celebración de su vigésimo primer cumpleaños, el 15 de agosto de 1963, dos años antes de casarse.

El director de la funeraria, lo sabía ahora, se había llevado el anillo porque era contra la ley enterrar joyas con... los muertos. El difunto, como había murmurado obsequiosamente el hombre.

Sí, se había opuesto, pero ella no había escuchado, y ahora, ¿qué había pasado con el anillo? No quería pensar en el cadáver en el simple ataúd, el hombre protegido por el forro de raso y el pino liso de la madera. El esqueleto ahora, el polvo dejado por los gusanos.

En una vida posterior, habría quemado los restos, incinerado a su esposo hasta una muerte limpia y definitiva. Pero eso fue en 1971 y la cremación no era una opción común.

La cremación estaba prohibida en ese momento por la iglesia católica, explicó Leela en respuesta a la pregunta de Scarlett. El cuerpo debe estar íntegro para presentarlo al Señor en el día del juicio. Scarlett pensaba que esto era un montón de tonterías. No se reía porque tal vez hubiera herido la lealtad bastante inocente de Leela y la fe de su marido. Scarlett no quería ser responsable de los sentimientos heridos entre ella y su amiga.

Aun así, se rió más tarde.

Pensaba en Michael, tan alto, delgado y guapo, con los hombros anchos y el cabello rubio que caía como el de Jack Kennedy sobre su frente. Con los pantalones vaqueros de campana blanca y los botones negros en una fila abultada sobre su ingle. Ella tragó saliva y lo odió de nuevo por morir y dejarla sola.

CAPÍTULO 13

Scarlett se preguntaba si la presunta amante de Michael habría estado en el funeral. Sin embargo, era el triunfo de Scarlett haber sido la esposa detrás de las cortinas oscuras y haber estado junto al ataúd mientras descendía por el agujero que cavaron. Su familia había tomado fotografías, y ella no se veía tan triste como debería, pero aturdida con menos que dolor y más como arrepentimiento por las palabras que no dijo mientras él se alejaba rugiendo en la motocicleta Honda hacia un misterioso destino o asignación.

Luego, en la casa amarilla que compartían en el momento de la muerte de Michael, y aquí en la casa azul con el porche inclinado, el techo plano y el seto de ramas rojas, el hijo de Michael se unía al verdadero misterio de una vida que podría haber sido, una anulación de todo lo que realmente había sucedido y un sueño que se convertía en un hecho para la familia en duelo que quedaba atrás.

Las cortinas rojas se movieron de nuevo, y algo se deslizó en la habitación del niño por la rendija de la ventana, o tal vez a través de las paredes que arañaron como ratones tratando de escapar de un gato cósmico.

El teléfono sonó a medianoche esa noche. Nadie respondió.

Una presencia sobrenatural se colaba en sus vidas. Scarlett y, finalmente, Troy dieron la bienvenida al extraño padre y esposo. El fantasma de un pasado insignificante se convertía en una salvación de recuerdos y esperanzas rescatados y combinados; la resurrección de una familia desgarrada por el engaño y reunida en medio de cada noche y al comienzo de cada día, a veces al mediodía o a la hora de la cena, o antes de acostarse, de una presencia benévola que prometía redención y borrar el pasado, ¿quién sabía qué daño habían causado los brillantes primeros años y la desesperanza de una noche oscura que se avecinaba?

En sus cerebros se raspaban recuerdos amorosos pero confusos, ya que Michael parecía, en retrospectiva, más cariñoso que ella. Tenía que admitirlo. La culpa, aunque compartida, era de ella. Ahora la reparación también era de ella.

Scarlett estaba ansiosa por abrazar el recuerdo incorpóreo de su marido. Su gato se quedó mirando los espacios vacíos en una esquina del pasillo, rastreando una presencia invisible y ronroneaba sin razón cuando las luces parpadearon.

No estaba segura de que era el espíritu de Michael, pero Scarlett sentía que el amor que le había mostrado tan pocas veces se desbordaba y se derramaba en los recovecos de la casita, y especialmente en la actitud protectora de un padre joven hacia su hijo.

Troy se puso inquieto pero pensativo mientras se acercaba a su octavo cumpleaños en abril. Los Legos y G.I. Joe no los tocó por noches seguidas, su tarea estaba prolijamente esparcida sobre la mesa de la cocina bajo la dura luz del techo y su madre anotaba en el calendario con lápiz sus citas de Candle Party

Lite para el próximo mes, que ahora llevaba consigo a todas partes.

Los recordatorios de clientes y amigos que conoció en estas fiestas en casa la ayudaron a superar la soledad que la atormentaba por la noche, cuando Troy se iba a la cama y el teléfono permanecía en silencio.

Los rincones oscuros se abrían a visiones de recuerdos, mientras miraba más allá de la mesa de la cocina hacia los años pasados, cuando Michael la había encontrado incompleta y ella había encontrado en sí misma una insufrible falta de amor que se arremolinaba de regreso a la infancia.

Ella ignoraba cualquier propuesta afectuosa que él pudiera haberle hecho, que a veces, pero no a menudo, se ofrecía con desesperación para compensar la culpa de ser un esposo y padre incompleto, que se desbordaba en rabia contra las mujeres y los niños, y su madre, quien le había nutrido el odio.

"Mamá", se lamentó Troy, "¿Queríamos que papá muriera?".

Las paredes se estremecieron y las ventanas chillaron. Extendió la mano y tocó una caricia fantasmal. "No". Pero era una mentira.

El libro de citas se llenaba. Filas ordenadas de nombres y direcciones, números de teléfono y luego el Rolodex para ser preparado mientras ella se aseguraba de que hubiera copias de seguridad para cada entrada y un plan para cada semana, generalmente un viernes por la tarde y un sábado por la noche: las fiestas en casa se planificaban, era el seguro que se poníá en marcha en caso de rotura, con maletas llenas de velas y aromas de Party Lite.

Sus clientes esperaban ansiosamente sus premios de toques de romance y glamour nocturno. El ordenado libro mayor de créditos y débitos de su contable al final del año, el automóvil casi sin usar gastado y reparado, los matices y detalles de un negocio desde casa meticulosamente cuidada: Scarlett era una mujer de negocios, pero sentía que su trabajo era inconsecuente. Su vida presente no era suficiente para que se sintiera poderosa y en control, como Nancy le había recordado antes de dejar el antiguo vecindario, pero era feroz y, como decía su madre a menudo, 'creía en ser fuerte cuando todo parecía estar bien, aunque fuera mal'".

Scarlett no sonrió ante la nada en la profundidad de la noche. Pronto vería su fantasma, no solo sentiría el toque de su mano en su hombro.

CAPÍTULO 14

La tarde siguiente, en la mesa de la cocina mientras sus hijos estaban en la escuela, Scarlett se lo contó a su mejor amiga, Leela.

"¿No tienes idea de un futuro para ti?", Leela preguntó y vertió leche en su té Chai. "¿Eso es lo que está mal? ¿Y Troy? Tienes que ser fuerte por él".

Las cortinas de la cocina se balanceaban como movidas por la brisa, pero el día estaba tranquilo.

Leela continuó: "Es la angustia de nuestro tiempo. Hay una práctica de softbol después de que los hombres regresan a casa del trabajo. 'Para las personas casadas', me dijeron. No es de extrañar que no tengamos objetivos. No somos nada solas. Los objetivos son para mujeres completas. Nos dicen que no estamos completas".

"¿Cuál es el punto de todo esto? Mis suegros en la India me siguen preguntando cuándo volveré a casa para encontrar a otro hombre. Creo que han elegido uno para mí".

"No soy nada. Tampoco lo eres tú".

Leela agitó la cuchara en su taza. "Hay un espíritu en nosotros que se conecta cuando nuestros hombres se van. Eso cobra vida. Lo has sentido".

"Sí".

"Cuando los maridos se van a la guerra, al trabajo o a la caza, el espíritu de las mujeres crece para ocupar el lugar que ha sido usurpado por los hombres mientras están aquí. No es que estemos incompletas *sin* ellos. Estamos incompletas cuando están *aquí*".

"Creo que sí". Inquieta y con ganas de cambiar de tema, Scarlett miró su reloj. "Los niños deberían llegar de la escuela pronto".

"Sí, ¿y luego qué?". El aliento de Leela fue como una ráfaga de consternación. "¿Y mi Daisy? ¿Crecerá para ser como nosotras?".

"Por supuesto. Los niños crecerán para ser como sus padres".

Su amiga tomó un sorbo del dulce líquido caliente. "Hay cambios en el aire".

No había alterado con éxito el curso de la conversación de Leela, más de lo que Scarlett apreciaba. "Los tiempos están cambiando", coincidió Scarlett. "Pero demasiado lento para nosotras".

"No lo creo. Estoy pensando en unirme al movimiento de mujeres".

"¿Tú? ¿Tu cultura podría prohibirlo? Además, ¿para qué necesitamos un movimiento? Nos tenemos a nosotros mismas, amiga. Y tengo recuerdos de lo que pude haber hecho de otra manera, si no hubiera estado atrapada en la caja de mi crianza, la ira, la falta de amor, la indiferencia por un matrimonio esperado de mí. He decidido que voy a luchar por mí misma y usar la ira que siento para hacer una vida mejor para mí y para mi hijo".

"¿Por qué te casaste, Scarlett?", Leela se inclinó hacia adelante.

Afuera, sonó el timbre para alertarlas del fin de las clases en la Oliver School, la escuela de Troy. Unos minutos más tarde, un timbre más apagado indicaba que los estudiantes llegarían pronto a casa de la escuela St. Edmund. Scarlett frunció el ceño.

"Mi madre me crio para esperarlo, supongo. Nunca pensé en otra cosa; una carrera, tal vez, a la mejor la universidad, pero la falta de fondos y la falta de ambición me impidieron hacerlo, o la ambición fuera de lugar, en un marido más que una carrera".

"Un consejero vocacional de la escuela secundaria me desanimó de unirme al ejército como quería, porque las mujeres del servicio 'no eran femeninas, ni buenos modelos a seguir'. Quería ser piloto. Las mujeres no pueden ser pilotos en la RCAF; ¿Sabías eso? Debía ser una empleada".

Leela frunció el ceño. "No lo sabía. No sabía que querías estar en la Fuerza Aérea. ¿No estaba tu hermano en la Fuerza Aérea?".

" No, mis dos hermanos se quedaron en la granja. Mi madre está muy orgullosa de ellos y de mis tres hermanas, que se casaron bien. ¿Yo? Soy la esposa de Michael.

"No sé nada de su familia. Se separó de ellos a una edad temprana. Son un misterio para mí. Como si fuera un misterio para mi propia familia. Tengo dos hermanos y tres hermanas. Todos se alejaron de mí en espíritu, hace muchos años. Los hermanos de la granja familiar y mis hermanas se casaron jóvenes y están lejos con sus propias familias. Solo dos asistieron al funeral de Michael".

"Como muchas mujeres casadas con hombres enérgicos y de una familia tradicional que enfatizaba la obediencia a toda costa, una pensaría que no es una entidad por sí misma. Yo era igual", dijo Leela.

Scarlett se levantó para colocar galletas en un plato para Troy para más tarde, cuando él entrara corriendo. Abrió la pesada puerta del refrigerador Kenmore Harvest Gold y encontró la jarra de Tang de naranja.

"No soy una no-entidad, Leela. Ya no. Ahora que Michael se ha ido y mis padres en su propio charco ya no me exigen que sea una buena niña obediente, me pongo en huelga".

Continuó, "creo que hay una inclinación de luz del sol a través del bosque para iluminar la verdad, como esos carteles religiosos que he visto. Me hablan de noche, ¿lo sabías?".

"¿Quién? ¿Michael?".

"Sí. Troy también lo escucha. Quiere que me encuentre maravillosa", dijo Scarlett. "Quiere que sea feliz".

Leela se encogió de hombros. "Quizá siempre lo quiso".

"Me golpeó una vez". La voz de Scarlett era plana. "Íbamos juntos a un consejero matrimonial, quien dijo que era mi culpa".

"¿Era tu culpa que te golpeara?".

"Sí. Eso es lo que dijo el consejero matrimonial".

"¿Fue un consejero matrimonial masculino?".

"Por supuesto".

"¿Cómo puedes perdonarlo?", Leela preguntó y se sirvió más té.

"¿A quién?".

"Al consejero, por supuesto".

"¿No a Michael?".

"A Michael también".

"Bebía y jugaba", admitió Scarlett.

"No hay perdón; solo hay tiempos malos y buenos. Los buenos tiempos tuvieron que dejar paso a los malos. Es posible seguir amando a un pedazo de mierda".

"Así es como es".

"¿Qué te dice el fantasma?".

Scarlett cruzó el brillante linóleo y se sentó de nuevo frente a su amiga. "¿Crees que es un fantasma? ¿Que no está descansando en paz?".

"En la India tenemos la creencia, después de que los difuntos han sido cremados, que su alma no tiene una espera tan larga e interminable después de la muerte, y aquí los cristianos dirían, 'que descanse en paz', hasta que finalmente resuciten para el juicio final y para la felicidad eterna o el sufrimiento posterior".

"En las filosofías dhármicas, el muerto renace inmediatamente y según su karma (las buenas y malas acciones en vidas pasadas), o pasa a planos más altos y más placenteros que aquel del que partió, o a estados más severos y dolorosos. Las filosofías dhármicas también afirman que estos estados más placenteros o más dolorosos son tan temporales como la vida de la que pasó el difunto y, por lo tanto, no son eternos".

Scarlett se mordió el labio inferior y frunció el ceño. "No creo que eso permita fantasmas".

"Tal vez esté atrapado entre estados".

"No soy hindú, ni cristiana", declaró Scarlett. "Pero siento a mi esposo en estas habitaciones, Leela, y estoy segura de que está aquí para hacer las paces. Él nos amaba".

"No parece así".

"Era su manera de ser".

Leela frunció el ceño. "¿Entonces no renacen inmediatamente? ¿Su karma es tan inconcluso? Si analizas la ciencia, amiga mía, encontrarás que la reencarnación es más que una posibilidad".

"No creo en nacer de nuevo o en vidas pasadas, aunque la ciencia podría respaldarlo, como tú dices". Scarlett se dio la vuelta y descubrió que Troy la miraba con ojos muy confiados.

CAPÍTULO 15

"Tengo hambre, mamá". El niño besó a su madre y agarró dos galletas del plato con su puño sucio.

"Lávate las manos primero, jovencito", ordenó Scarlett.

Metiéndose las galletas en la boca, Troy murmuró en su camino por el pasillo: "Hola, Sra. Balakrishnan".

"Hola, Troy". Leela se rió y empezó a quitar las tazas de la mesa. "Es hora de irse", dijo. "Mis hijos estarán en casa y Daisy no puede controlar a mi voluntarioso hijo".

"Espero que tengas razón sobre Michael", comentó Scarlett. "Espero que tenga una vida mejor por delante después de la muerte".

"No dije eso exactamente", dijo Leela y se despidió de su amiga con un abrazo. "Pero si te hace sentir mejor, yo también lo espero".

"Debes recordar que primero soy hindú, aunque mi esposo era católico y yo prometí criar a nuestra familia como católicos. Sin embargo, como mujer de la India, mis creencias están influidas por la cultura que nos rodeaba y la fe de mi familia. No le rezo a tu Dios cristiano".

"Yo tampoco", admitió Scarlett.

Esa noche, la puerta del armario se abrió con un chirrido y un rayo de luz de luna iluminó el espacio interior. Scarlett se levantó de la cama que se había comprado cuando ella y Troy se mudaron a la 'casa azul', y revisó el interior del armario para asegurarse de que no hubiera monstruos escondidos allí. Miró debajo de su cama.

Sonrió ante su estupidez, cerró la puerta del armario y volvió a meterse en la cama. Se subió la sábana de algodón a rayas sobre la barbilla y acomodó la almohada de plumas debajo de la cabeza. La puerta del armario crujió al abrirse de nuevo.

Cerró los párpados con fuerza y comenzó a rezar de manera inusual. Casi había olvidado cómo hacerlo, recordaba vagamente las enseñanzas de su madre cuando era niña, pero comenzó una oración infantil que terminaba: "...*Si muero antes de despertar ... le pido al Señor que tome mi alma ... al gentil Jesús, manso y apacible, piedad. yo, un niño pequeño...*".

Las cortinas de encaje de la ventana se movieron, aunque no había viento. Desde las profundidades de la oscuridad exterior, se agitó un recuerdo. Scarlett se acurrucó más cerca debajo de la colcha de satén y la sábana rayada, y se sintió reconfortada al saber que la presencia era más benigna en la muerte que en la vida.

CAPÍTULO 16

Troy gritó desde la habitación de al lado: "¿Mamá?", pero se encontró con el silencio. Una luz brilló en las paredes de su dormitorio y él yacía, petrificado, con Rocker Patch ronroneando a sus pies, hasta que Scarlett respondió y abrió la puerta, encontrando solo oscuridad, un gato y un niño asustado.

Los llevó consigo a la suave cama doble de su propia habitación, y se acurrucaron juntos, mientras un viento silencioso agitaba las cortinas. Mantuvo la luz de la mesilla encendida para mantener a raya el miedo.

Una voz profunda y cómoda tarareó 'Ballad of Easy Rider' hasta la mañana, pero eso podría haber sido un sueño. Sin embargo, ambos lo escucharon. La música casi silenciosa no asustó a Troy, pero pareció reconfortarlo. El gato naranja ronroneaba a sus pies.

"Los gatos atigrados anaranjados venían todos de los vikingos", había explicado Michael, al traer a casa el pequeño gatito. "Los mermeladas tienen un gran temperamento".

Scarlett extendió la mano en dirección al amanecer y agarró

los pálidos dedos de su difunto esposo. "Has venido a rescatarnos, ¿no es así?", murmuró, y él no respondió directamente, sino que tarareó un poco más.

La luz de su dormitorio se apagó cuando salió el sol, como si alguien hubiera forzado el interruptor. Scarlett sintió que la entidad amable era simplemente otro lado del espíritu confuso de Michael, como lo fue en la vida, pero era difícil reconciliar la presencia del bien con la malevolencia que sintió cuando las alas generales de Michael los envolvieron a ambos en la vida.

Rara vez su esposo había admitido que tenía un corazón cariñoso, aunque clamaba por amor y comprensión. Era un hombre sencillo. Ella, más complicada que él, no pudo comprender su naturaleza básica. Nunca deberían haberse conocido y, habiéndose conocido, nunca deberían haberse casado. Su corazón palpitó.

Un plan se cristalizaba en la imaginación de Scarlett. Un rayo de poder recorrió los chacras de su columna. Las antiguas herramientas de trabajo de Michael, las piezas de los electrodomésticos, los engranajes, los bidones de gasolina en miniatura, los remaches y los motores pequeños permanecieron en un almacén cerrado con llave en el sótano de su casa recién comprada en Calder. Los había llevado en seis cajas de madera desde su casa amarilla alquilada, sin poder desprenderse de este último vestigio de su vida con él.

Ahora estaba decidida a construir un remedio para el hechizo, un alma palpitante en medio de sus recuerdos para que Troy creciera alto y fuerte, y sin el legado que poseía de la tumba de su cariñoso padre; su doloroso padre, uno que vivía de nuevo, como no debería en las almas de los conscientes.

El fuego en su cerebro se encendió, y aunque sus recuerdos eran abrumadores, su resolución fue aún mayor.

CAPÍTULO 17

Scarlett recordó el circo al que los había llevado Michael para el tercer cumpleaños de Troy, uno de los buenos momentos hasta el final, cuando el maestro de ceremonias gritó las alabanzas de sus lindas mujeres del circo, los leones rugieron, el payaso saludó a su hijo y su esposo lloró.

Era el año 1971 y el 17 de abril fue el primer sábado después de Pascua, cuando una pequeña feria local tocó en el Beverley Bandstand, no lejos de su casa. Troy también lo recordaba; el día en que su padre se sentó con la cabeza entre sus manos anchas y duras y las lágrimas se escurrieron con grandes trazos entre sus dedos.

Su excursión empezó bien. Al llegar temprano al Quiosco de Música, Michael estacionó su Chevette blanco, que había ocupado el lugar del Sprite cuando nació Troy, en un sitio de gravilla en una zona residencial cercana y caminaron un par de cuadras hasta las gradas.

En lo alto se inclinaban, se balanceaban y resoplaban brillantes globos de aire caliente tocando tan cerca del quiosco de música que podían ver los rostros pálidos de los pasajeros inclinados sobre las cestas. Cirros blancos perseguían la cola de los vientos y el señor Sol ardía dorado como mantequilla sobre el niño y sus padres, en esta feliz ocasión.

Usados lisos por innumerables fondos, los bancos de madera se extendían desde donde estaban sentados en la segunda fila hasta las gradas en lo alto. "Tenemos buenos asientos", comentó Michael mientras se sentaban, rodeando a Scarlett con el brazo. La abrazó a ella y al chico más cerca. "Valió la pena salir temprano".

Solo había una pista en el circo y los elefantes eran pequeños. Los grandes felinos aterciopelados y con rayas naranjas gruñeron, algunos en sus jaulas mientras el adiestrador de grandes felinos con trajes brillantes envolvía un brazo alrededor del cuello del tigre más cercano y acariciaba la oreja del gran felino. Una fila de chicas del coro saltó y arrojó sus pompones al aire.

Un payaso apareció por encima de la cerca y Troy jadeó de alegría. Los payasos aún no se habían ganado una mala reputación. Los perros pequeños saltaban por los aros. Un gato inteligente se elevó a través de tres círculos ardientes y el entrenador lo recompensó con golosinas mientras volvía al podio y calculaba la distancia una vez más. El entrenador acercó la silla lejana. El gato saltó.

Troy contuvo el aliento y luego aplaudió salvajemente. "¡Como Rocker Patch!", dijo el chico. Sus manitas regordetas estaban rojas de aplausos.

"Sí, cariño", respondió Michael, ajustando una taza de café y la gran bolsa de palomitas de maíz rosa en una mano, mientras sostenía al niño y a su madre con el otro brazo. "¿Ves los ponis?".

De hecho, había ponis manchados que brincaban sobre delicadas pezuñas mientras lindas chicas vestidas con tutús morados y blancos se balanceaban valientemente sobre sus espaldas. La música se disparaba. La multitud aplaudía y vitoreaba.

Un león, el Rey de las Bestias, rugió cuando el maestro de ceremonias agitó un látigo para dar efecto y nada más, y anunció los actos uno por uno. Muy arriba, un hombre caminaba por una cuerda floja y la Familia Bolshoi se balanceaba desde un trapecio volador.

"¡Vaya, mamá! ¡Mira eso! ¡El hombre está volando!". Troy metió una mano mugrienta en la bolsa de palomitas de maíz y se metió los granos rosados en su boca. Las palomitas de maíz se esparcieron por su pequeña chaqueta y se pegaron a sus pantalones. "Cuidado, papi, se nos cae encima".

El hermoso rostro de Michael sonrió a su hijo. "Su amigo lo va a atrapar. ¿Ves? Lo han hecho cientos de veces antes".

Scarlett se acurrucó en el extraño abrazo de su marido y habló con Troy. "Querido, ¿tienes que ir al baño? Mami puede llevarte. ¿Quieres una bebida?".

"¿Paleta, por favor, mamá?",

"Bueno. Esta vez te daremos una sorpresa". Hizo un gesto al vendedor ambulante que bajó las escaleras hasta su fila. "Dos paletas de naranja, por favor".

Michael agitó un billete de diez dólares. "También queremos tres perritos calientes, por favor, muchacho. Uno sin mostaza".

"Sí, señor". El joven de rostro fresco metió la mano en su bolsa de golosinas y colocó los bocadillos en una caja de cartón con recortes para el refresco. "Aquí tiene señor. ¡Muchas gracias, eso es genial!". Dijo cuando Michael agregó un dólar de propina.

"Tengo que hacer pipí, mamá". Troy saltó arriba y abajo en el desgastado asiento de madera. "¡Ahora mismo!".

"Está bien, querido", dijo Scarlett y Michael objetó: "No, cariño, yo lo llevaré".

El hombre y su hijo pasaron por delante de las dos primeras filas de asientos mientras Scarlett tomaba un trago. Los artistas del circo desfilaron en el ring frente a ella.

Ella reflexionó sobre su buena suerte, estar sentados aquí este día, con su hijo y la brisa brillante, los globos y el circo extendidos frente a ellos, y el amor entre ellos.

Se acomodó contenta en su asiento. Vislumbró al hombre alto y rubio con la camisa occidental, los jeans ajustados y la gran hebilla del cinturón volviendo para sentarse a su lado, y al niño pequeño que le tomaba la mano con confianza. Su corazón se llenó de emoción.

Mientras volvían a ponerse cómodos a su lado, pensó, esto no puede durar, e hizo lo impensable. De nuevo.

"Sabes que nuestro matrimonio está en las rocas", dijo a nadie en particular, susurrando realmente, para que Troy no la oyera. Michael apartó la mano de sus hombros.

Una mirada brillante de los gélidos ojos azules, un rostro abatido, el café olvidado frío a su lado, y el día arruinado.

Lo había hecho y no pensó en nada hasta mucho más tarde, ahora en la casa de Leela después de su esposo y su hijo y el día había terminado hacía mucho, hace cinco años y en otro mundo, en otro tiempo y en otra vida que tenía logró destruir con el hombre al que había jurado amar hasta que la muerte los separara. Después de todo, se había quedado con él hasta la muerte. Y más allá, parecía.

Pero la muerte de su matrimonio precedía con mucho a su horrible accidente, suicidio o no, y la carrera desesperada del gran Honda por una carretera resbaladiza por la lluvia hacia una cita con una amante o no, y los asistentes de la ambulancia recogiendo los restos del rojo ensangrentado cuerpo en la calle roja ensangrentada debajo del puente escarpado.

"¿Nuestro matrimonio?". Tenía los ojos bajos. Troy miró hacia arriba, inocentemente.

"Congelado. Desde hace mucho tiempo".

Scarlett no tuvo excusa ese día en el circo. Ella no estaba bebiendo alcohol en ese momento. La bebida vino después. Con la culpa.

"Te amo, Scarlett".

Ella no respondió. Más tarde pudo entender lo que había hecho, y a quién se lo había hecho, y por qué no era un pecado imperdonable, sino que alguien que la amaba mucho la perdonaba y la ira recorrió sus venas.

CAPÍTULO 18

Años más tarde, una enfermedad mental como una psicosis paranoica la golpeó. Comenzó en el fondo de su estómago como una barra de hierro, se retorció y se quedó allí. El terapeuta matrimonial freudiano Lawrence Tumulak no lo previó. Había comenzado con la depresión posparto después del nacimiento de Troy y el terapeuta no la había atendido.

Lawrence la culpaba de su triste matrimonio. Se culpaba a sí misma, pero culpaba más a Michael, sobre todo. Vivía con rabia. *El Circo hace años, cuando Troy tenía apenas tres años, y su padre moriría en dos meses.*

"¿Papi?".

"Nos quedaremos hasta el final, hijo. Aquí vienen los elefantes. Míralos, ¿los oyes? El circo casi ha terminado. ¿No fue divertido? Troy, recuerda siempre, sin embargo, que los animales salvajes pertenecen a sus hogares en la jungla. No pertenecen a un circo".

"¿Por qué están aquí, papá?".

"A la gente le gusta ir a un circo y ver animales salvajes. Es divertido, Troy, y puedes aprender sobre criaturas que de otro modo no verías. Es como el zoológico. ¿Recuerdas el zoológico de Storyland Valley con las focas y los monos?".

Scarlett se inquietó. "A veces, los zoológicos y los circos rescatan animales que de otro modo podrían morir", comentó. Michael asintió. Troy sonrió a su mamá y papá y todos se tomaron de las manos y se fueron con los otros miembros de la audiencia, saliendo de las gradas con caras felices.

"¿Papá llora, mamá?".

Scarlett frunció el ceño. "Mami dijo algo triste y no fue cierto, querido. No lo pienses de nuevo".

"¿Tu culpa, mamá?".

Michael lo hizo girar por los brazos en el estacionamiento y Troy gritó de alegría. Scarlett sonrió, pero el daño ya estaba hecho.

Troy siempre recordaba que su padre lo había llevado a un circo cuando tenía tres años, y que su padre lloraba en el circo y no entendía por qué. Después de todo, él era solo un niño, y su padre también era un niño. De verdad, en su cabeza.

Su cabeza ensangrentada y fracturada. Las locomotoras que fabricó en su taller pasaron de su mortalidad y obsesionaron los sueños de Scarlett hasta que los terminó, en su casa azul con el seto verde y la cerca de borrachos.

Los hombres pensaban que Scarlett era hermosa en apariencia y forma, y no se daban cuenta de que se mantenía hermosa porque era muy fea por dentro.

La enfermedad mental se extendió y serpenteó dentro de ella en el antiguo lugar después de la muerte de Michael, pero duró poco y fue una adicción que también murió cuando dejó de beber, se mudó a Calder y conoció a John y a sus otros nuevos vecinos. La cura geográfica, ¡y funcionó!

Era una especie de trastorno obsesivo, una división de su psique en la buena madre y la mala madre. Beber era todo lo que pudo hacer durante un par de años hasta que, sin un terapeuta, se acercó a un programa de Doce Pasos. No hay cura, pero Scarlett se detuvo.

Sus nuevos amigos en AA pensaron que un poder superior la había curado. No, la enfermedad se consumió por sí sola, la culpa que la causó y la ira se quemó como un largo cordón explosivo humeante que cuando llegó al barril de TNT finalmente se apagó.

Le arrojó un gran balde de agua. Eso es todo. Se dijo a sí misma que no tenía la culpa del enfado de su marido. Scarlett, nunca inocente ni pura, se encontró al final con el fantasma devastado de su marido y lo curó. Ella enfrentó su propia ira, la bebió hasta morir y sobrevivió. Un terrible invierno largo y frío de años y lágrimas condujo a la curación.

Para Scarlett y Michael, su condición humana surgió de una herencia de víboras, una masa de serpientes que cayeron del polvo del amor y luego la indiferencia, primero al odio y finalmente al amor a medida que avanzaban las estaciones.

Era fuerte, pero no en la forma en que la mayoría de la gente piensa. Si se caía, se levantaba aún más fuerte porque era una superviviente y no una víctima. Nunca completamente en control, todas las mujeres que luchaban en su mundo eran invencibles al final. Como Audrey Hepburn, creía que las chicas felices son chicas bonitas y creían en los milagros. Estaba a punto de suceder un milagro.

CAPÍTULO 19

"*P*ásame el destornillador, Troy", murmuró su madre mientras le extendía una palma abierta. El niño de diez años se estremeció, pero obedeció.

Sus cristales yacían amontonados junto a ella en la mesa de trabajo. Una carta astrológica en la que había estado trabajando estaba arrugada en una esquina. En los siguientes dos minutos, la temperatura en el taller bajó otros cinco grados Celsius, presagiando la presencia de almas perdidas.

Scarlett se secó la nariz con la manga de su suéter de lana. "Gracias hijo". El vapor siseó de los tubos de acero negro de tres cuartos de pulgada frente a ella. Los engranajes traquetearon.

En el líquido burbujeante del Erlenmeyer dejó caer una tintura de *Hypericum perforatum*. Aunque apenas eran las tres de la tarde, hora estándar en las montañas, la ventana alta y sucia del taller parpadeaba con matices de aguanieve que anunciaban una tormenta aproximándose.

Troy frunció los labios y se acercó más. Ella lo empujó hacia atrás a una distancia más segura. "Se acerca una tormenta de nieve, mamá". Las lámparas fluorescentes del techo zumbaron y su resplandor blanco parpadeó cuando un repentino vendaval azotó la casita.

"Estamos a salvo aquí, cariño", dijo. "No te preocupes. Las herramientas de tu padre tienen mangos de goma y un buen agarre fuerte. Nada puede hacernos daño a menos que sea ese maldito teléfono".

"¿Se equivocaron de número, mami?".

"No, Troy. No fue nada". Las bombillas del techo bajo chisporrotearon.

"¿Fue para papá otra vez?".

"No, Troy. No sabemos quién llama, ¿sabes? Algún día tal vez un teléfono sea lo suficientemente inteligente como para hacernos saber quién es".

"¿El operador lo sabe?".

"Le pedí a la compañía telefónica que rastreara la llamada, pero no permanecen en la línea el tiempo suficiente para rastrearla".

"Eso es una lástima, mamá. ¿Nos van a hacer daño?".

"Aún no lo han hecho y han pasado seis o siete años desde que comenzaron". Scarlett apagó el mechero Bunsen y movió el frasco con pinzas a una placa de plomo al otro lado de las tuberías de hierro y las pequeñas máquinas de vapor.

Se quitó las gafas de la cara.

Rocker Patch observaba desde el otro lado de la habitación, acurrucado en una bola naranja y esponjosa, con un puntito negro en su nariz rosada. Ronroneó, rastreando una presencia invisible a través de la pared opuesta.

Troy se rió. "Ahora puedo verte cuando te quites las gafas".

"De hecho, puedes".

Su hijo se inclinó más cerca. La ventana se volvió helada y traqueteó, acribillada por mantas de aguanieve. El agua goteó por el costado de la pared del sótano y se acumuló en una lata que Scarlett había colocado sobre la alfombra de olefina con ese propósito.

Podían ver el seto de algodón al lado de la casa balancearse, gotear y blanquearse con nieve, pero la ventisca estaba pasando.

La tintura de hierba de San Juan burbujeó y se disolvió en el matraz Erlenmeyer. Los engranajes se molían ásperamente en las pequeñas máquinas de vapor y en los tubos de hierro de tres cuartos de pulgada.

Al otro lado de la habitación, la radiocasetera de Scarlett eructó y rompió la cinta en medio de una canción de Jimi Hendrix. *Tres héroes más, muertos*, pensó, aunque no se perdería 'La balada de Easy Rider'. Quizás la cinta rota era un presagio de paz.

El vapor salía de las ruedas que giraban y giraban debajo de las pequeñas máquinas de vapor sobre la mesa.

Quería un cigarrillo. Su mano se movió espasmódicamente y sobre la alfombra tiró la botella de *Hypericum perforatum*, o hierba de San Juan, como se la llamaba más comúnmente. Rodó sin romperse y Troy se inclinó y la recuperó con el pie. Scarlett se lo quitó de las manos recién lavadas.

Hizo girar la mezcla en el matraz. El aroma del bálsamo de trementina llegaba en espiral a las esquinas de su taller, aunque siempre lo consideraría el taller de Michael, lleno como estaba de sus herramientas y equipo.

Y su espíritu.

"¡Mira, mamá, el sol está brillando!". Su hijo encontró una pelota de fútbol con cordones de cuero en un estante de la mesa en la que trabajaba Scarlett y comenzó a lanzarla al aire y atraparla. La dejó caer una vez y la pateó a la esquina de la habitación donde estaba su padre.

Sonriente. Michael Kane estaba sonriendo. A Scarlett nunca le había gustado que su marido sonriera. Presagiaba algo muy malo para ella y para el chico.

¿Era el viento o las secuelas de la breve tormenta que suspiraban y se agitaban desde la esquina debajo de la ventana?

Los algodonales cubiertos de hielo del exterior saludaban al hombre en la esquina de la habitación. De todos modos, no podía ver el seto. Sus frutos rojos relucían con la nieve.

El vidrio de una fotografía en la pared opuesta a la mesa en el taller del sótano reflejaba astillas de luz y sí, el sol brillaba a través de las nubes.

"Vuelve, Troy", le advirtió su madre, extendiendo su brazo derecho directamente contra el pecho del niño. Dio un paso atrás.

"Dios, mamá, solo estaba jugando".

Sube las escaleras, Troy. Estaré allí en breve. Enciende la televisión y mira los dibujos animados durante unos minutos hasta que llegue. Hay una bebida de naranja en la nevera y sírvete galletas".

"¿Por qué mamá?".

"No hagas preguntas. Solo ve. Ahora".

"Ah, de acuerdo. De todos modos, tengo sed. Y no me gusta ese olor tan espantoso", dijo Troy. Pasó junto a su padre parado en la esquina como si no lo hubiera visto. No lo ve, pensó Scarlett. Bien.

Rocker Patch ronroneó y se frotó contra un tobillo invisible.

La bombilla grande en la parte superior de los tubos de hierro parpadeó cuando una máquina de vapor comenzó a chisporrotear.

Está funcionando", Michael respiró y se dirigió al centro de la habitación, donde se inclinó sobre la mesa y puso la mano sobre el matraz Erlenmeyer. "*Lo puedo oler. Puedo sentirlo. Se me está metiendo en los huesos* ". Luego se rió. Scarlett se estremeció.

"*Simplemente no pronuncies el hechizo*".

Podía verlo sólidamente contra las paredes encaladas de la

pequeña habitación del sótano. Alto, guapo, rubio, con la boca torcida en esa sonrisa familiar que significaba problemas para ella.

Llevaba sus jeans blancos de campana abotonados con discos de metal negro y una camisa de poeta verde oscuro abierta en el cuello, exponiendo su pecho lampiño. La última ropa con la que lo había visto, pero sin la chaqueta de cuero que llevaba cuando la Honda CB-750 chocó contra la luz estándar a ciento cuarenta kilómetros por hora. La chaqueta que estaba rota, roja y mojada cuando tuvo que identificar su cuerpo desecho esa mañana de 1971.

"¿Cómo supiste que era yo?", preguntó, como si leyera sus pensamientos. Ya no era un susurro en su cerebro, su voz se reía a través de la mesa.

"Solo la parte de atrás de tu cabeza se había ido. Tus brazos y piernas estaban rotos, pero tu rostro estaba intacto. Una bendición, dijeron".

"Entonces, viste mi cara". Sus ojos azules ardieron en los de ella. No es de extrañar que Troy tuviera los ojos del color de las violetas y esa mata de cabello rubio y rizado. Dos padres con ojos azules y su padre con mechones leonados. "No era un desastre, entonces".

"Eras tú. Te habían limpiado un poco, pero tus piernas y brazos ...".

Michael ladró como un perro. "¿Estaban retorcidos? ¿Rotos? ¿Desaparecieron por completo?".

Ella bajó la cabeza. "No lo sé. No puedo recordar".

"Seguro que puedes. Trata de recordar", instó.

"No puedo, Michael. No quiero. Debes irte ahora. Te irás. Lo exijo".

Se cruzó de brazos. "Cariño, no puedes exigirme".

Scarlett se levantó de su silla, sus ojos estaban como óvalos de hielo azul. Dejó a un lado los ruidos de tubos y motores. El vapor chilló y la bombilla brilló translúcida con barras de color amarillo brillante en el interior, resplandecientes, brillantes, más brillantes: accionó un pequeño interruptor de hierro en el costado de las tuberías y los engranajes traquetearon y rugieron, los motores se balancearon y rugieron y las hélices giraron.

El frasco de *Hypericum perforatum* burbujeó de nuevo donde lo había puesto encima del vapor en un recipiente especial, y el vidrio Pyrex comenzó a temblar. Agregó unas gotas de un químico al infierno líquido y comenzó a hervir y escupió fuego de piña carmesí y amarillo suave.

"Siempre te he amado", susurró la imagen de Michael.

Él se encogió en un rincón, retrocediendo varios pasos con sandalias. Los engranajes de metal y plástico castañeteaban. El artilugio que Scarlett había creado se extendía a lo largo de la mesa y se elevaba desde la mesa hasta los muslos hasta su estructura de cinco pies y ocho pulgadas. Las lámparas fluorescentes que colgaban del techo bajo se balanceaban y destellaban.

"Te amo ahora", dijo con voz más firme y extendió una mano pálida cubierta con una fina pelusa dorada.

Anhelaba sentir el calor de su mano, pero temía en la frialdad de la pequeña habitación que él hubiera traído del congelamiento con él, y que su mano fuera sólida y helada como lo había sido su voz.

Silbó la canción de 'Wild Mountain Thyme' y ella se tapó los oídos. "No quiero escuchar eso, Michael. Fue un suicidio, ¿no?".

"¿Fue qué?", él sonrió. "¿Por qué iba a hacerte eso a ti y a mi querido hijo? Solo tenía tres años. Tenías veintiséis. Ves, crees que no lo recuerdo, ¿no? Debe ser ... déjame pensar. Diez ahora. En la escuela estará, seguro. ¿Cómo está?".

"¿Te importa?".

"Por supuesto que me importa. La manzana no cayó lejos del árbol. Se parece a mí, ¿no?".

"Siempre lo hice", respondió ella.

Se acercó más, el cabello dorado en el dorso de su mano era suave y cálido cuando ella colocó su mano sobre la suya. "¿Eso te lo pone difícil?", preguntó. "¿Que se parece a mí?".

"No". La rodeó con los brazos, incómodo como siempre, y su toque fue áspero como siempre.

Scarlett no lloraba, pero se negaba a besarlo. Llevaba muerto siete años en junio y ella lo odiaba.

Ella lo extrañaba.

Ella lo amaba.

CAPÍTULO 20

Scarlett se movió al frente de la mesa para abrazar a su esposo. La mesa se estremeció con la fuerza de las máquinas de vapor y las hélices que intentaban levantar la maquinaria de la mesa. Sin apartar la cabeza del hombro de Michael, extendió la mano izquierda hacia atrás y apagó el artilugio, que siguió temblando y escupiendo durante un par de minutos más.

Rocker Patch le siseó y corrió por la puerta y subió las escaleras. Miró por la ventana y creyó ver una figura corriendo en la nieve detrás de la esquina de un edificio. No, era una ilusión.

Scarlett sintió la aspereza de los bigotes de Michael en su mejilla. Acarició su querido rostro hermoso. "¿Cómo entraste aquí?", ella preguntó.

"Por la puerta", murmuró, sonriendo, y ella le creyó porque no creía que fuera un fantasma. Era demasiado sólido. Demasiado real. Hubiera sido impensable que él fuera simplemente un espíritu que se retorcería de su abrazo y desaparecería nuevamente por otros siete años. Su sonrisa parecía sincera. Ella se relajó.

"¿Mamá?". Sorprendidos, ambos se separaron del incómodo abrazo. Troy estaba de pie en el umbral, la puerta entreabierta, migajas de galletas en la cara y un vaso de leche en la mano. "No pude encontrar ningún jugo", explicó, sosteniendo la leche.

"Tienes un bigote blanco, hijo", dijo Michael. Extendió la mano para tocar al niño, pero Troy retrocedió.

"¿Quién es este?", preguntó.

"¿Quién te crees que soy?", preguntó Michael. Scarlett se movió al lado de su hijo y envolvió un brazo protector alrededor de sus delgados hombros.

"Él no lo sabe", dijo ella.

"¿No ha visto fotos?".

Scarlett se encogió de hombros. "Eso no es suficiente".

Troy golpeó el vaso de leche sobre la mesa, derramando la mayor parte. Arrojó el resto de la galleta al suelo. "¡No te conozco! Vete ahora y deja a mi madre en paz o llamaré a la policía".

Su madre se quedó con los brazos vacíos. Su esposo fallecido y su hijo enojado se enfrentaban al otro lado de la habitación. La luz del sol le bañó la cara con el resplandor del atardecer. La bombilla fluorescente zumbaba y parpadeaba, y un olor a bálsamo de trementina se arremolinaba del matraz de laboratorio.

"No puedo soportar ese olor", dijo Michael. Y vomitó.

Troy salió corriendo de la habitación. La puerta se cerró tras él.

Su padre se encogió de hombros y miró fijamente a Scarlett con una mirada cerúlea. "Creo que debería irme".

"Sí", respondió ella. "Podría ser prudente".

Esperó a que ella saliera de la habitación. Se apresuró a subir a su hijo. Mientras subía los escalones con las manos en los rieles, se preguntó si el fantasma simplemente se había desvanecido o si saldría de la casa como una persona normal.

Ciertamente parecía lo suficientemente sólido.

87

<h1 style="text-align:center">CAPÍTULO 21</h1>

"¿*C*afé?", preguntó Leela, sirviendo tazas a las otras cuatro mujeres. "No es instantáneo esta vez. Todos queremos saber qué te ha mantenido tan ocupada, Scarlett. Apenas te hemos visto en un mes. La Navidad llegó y se fue y tú te mantuviste oculta".

"John se ha ido estos últimos dos meses y ha sido más difícil de afrontar", dijo Scarlett. "Me alegro de que haya vuelto. Supongo que he llegado a depender de él y de mis amigos aquí. No tan independiente como pensaba. John vino para la cena de Navidad. Fue divertido, pero no, no he estado cerca, Leela. He tenido muchas Candle Party Lite por las tardes. He estado trabajando en manualidades en el sótano y asegurándome de que Troy duerma lo suficiente...". Su voz se apagó. Sus movimientos eran cortos y espasmódicos. Parpadeó rápidamente. La espaciosa cocina de Leela parecía claustrofóbica. Deseó estar en casa con Michael, pero estaba ansiosa por la falta de sueño y la conmoción de las visiones y recuerdos sobrenaturales que mejor quedaban enterradas con él. Sus vecinas intercambiaron miradas.

Dorothy apagó el cigarrillo en el pequeño cenicero de peltre. "¿Y mamá? ¿Duerme lo suficiente?".

Scarlett miró rápidamente a Dorothy y luego desvió la mirada hacia el reloj de la pared de la cocina. "Seguro", mintió. "Lo hago".

Penny Cardinal y Karin Sivertsen bebieron un sorbo de sus cafés con leche. Ninguna fumaba. Leela Balakrishnan, como anfitriona, pasó un plato de galletas de avena alrededor de la mesa.

Penny se aclaró la garganta. "Mis cuatro niñas y, por supuesto, Stevie, extrañan jugar con Troy después de la escuela. Debe estar ocupado con la tarea ahora que ingresará al quinto grado el próximo otoño".

"Es un niño grande ahora, ¡diez años!", Karin exclamó. "Todos están creciendo muy rápido. No puedo creer que hayan pasado cuatro años desde que te mudaste a nuestro vecindario, Scarlett. Los gemelos no están en su clase en la escuela este año, pero él está ahí en el recreo y de camino a casa para almorzar, Penny. El domingo pasado vi a James y tú llevabas a la familia a la iglesia a las diez, y Troy estaba contigo. Pensé, ¡bien por ustedes, Scarlett y Penny! Creo que James sería una buena influencia para un niño, siendo un padre que va a la iglesia y todo eso".

"Fue Leela quien lo sugirió", comentó Scarlett. Los chismes normales entre sus vecinas calmaron sus nervios, que estaban destrozados y en carne viva. Chupó un cigarrillo y palmeó la mano de Leela.

Penny sonrió. "Foursquare Gospel tiene un juego de softbol improvisado antes de la Escuela Dominical de los niños, casi todas las semanas en la primavera. Troy es bienvenido a unirse cuando comiencen".

"Nos ha llevado casi tres años conseguir que vaya a la iglesia contigo", respondió Scarlett. "Aunque parecía ansioso al principio. Supongo que si fuera yo misma ...".

"Eso sería ideal", interrumpió Leela. "No se puede esperar que los niños disfruten de la iglesia si los padres no van".

Scarlett frunció el ceño. "Estoy tratando de dejar de fumar", perseveró, se colgó el cigarrillo y tomó otra galleta. "Voy a engordar, me temo".

"¿Tú? ¡Nunca!", dijo Dorothy con voz ronca y tosió. "Estás delgada como una barra de chicle Juicy Fruit".

"Mi médico me recetó un chicle de nicotina. Ayuda, pero solo si no fumo, por supuesto".

"Víctor trató de dejar de fumar y fumaba al mismo tiempo que masticaba chicle", dijo Karin riendo. Dio un codazo a Dorothy, que estaba sentada a su lado en la bonita mesa. "Es tu turno de renunciar, Dot".

"¡Nunca!", Dorothy repitió y volvió a toser. Encendió otro Pall Mall con las brasas incandescentes del primero antes de apagarlo.

Aliviada de que se permitiera cambiar de tema tan abruptamente, Scarlett sintió un profundo afecto por sus amigas, que estaban preocupadas por ella y Troy. No se lo admitía a nadie, pero también estaba preocupada y sus nervios estaban crudos como una hamburguesa fresca.

"Debería irme a casa", les dijo a sus amigas después de que las tazas de café estuvieron vacías y los chismes también se sintieron vacíos, así como los asuntos del día.

"Abrazos", dijo Leela y el resto de sus amigas sonrieron y se despidieron. "Nos vemos más tarde. Creo que ahora escucho el timbre de la escuela de todos modos. ¿Patinaremos más tarde antes de que el hielo se derrita?".

"Por supuesto". A veces llevaban a los niños a la pequeña pista de patinaje cerca de la tienda de conveniencia de John y todos alquilaban patines. Era un buen momento a pesar de que ninguno de ellos era un experto, y a veces el representante de la liga comunitaria tocaba *Skater's Waltz* y otras melodías por los parlantes de su oficina en el cobertizo. Volvieron a inundar la pista la semana pasada, y si la Liga Juvenil no jugaba al hockey, estaría abierta al público, dependiendo del clima.

Scarlett esperaba la salida como algo normal que todas las familias de la zona con niños hacían. No ver fantasmas como ella y Troy.

CAPÍTULO 22

Scarlett sintió que unos ojos atentos la seguían al entrar en la casa que compartía con su hijo. Todavía se quejaba de que había luz en su habitación y arañaba las paredes. Ratones, le explicó al niño en crecimiento con la mata de pelo claro y ojos escrutadores.

"No suena a ratones, mamá". Ya no aceptaba sus explicaciones circunferenciales. En ocasiones, veía al hombre que era Michael Kane parado sombrío en la entrada del taller o en el pasillo fuera de su habitación.

"Vi a ese hombre de nuevo. ¿Quién es él?".

"Es un amigo, Troy. No dejes que te moleste. Es como un espíritu en la casa. No nos hará daño".

Leela le había comprado una medalla de San Cristóbal y una medalla de San Nicolás para colgar de un cordón alrededor de su cuello para protegerlo de los malos espíritus. Troy acarició los iconos alrededor de su cuello. "¿Ayudaría si oramos, mamá?".

Su vecina, Leela, sabía que algo muy extraño estaba sucediendo en la casita azul al otro lado de la calle. Scarlett se lo había dicho, y a menudo a medianoche veía la luz en la cocina donde Scarlett estaba sentada escribiendo facturas y papeleo para el negocio de Candle Party Lite que todavía estaba haciendo. Otras veces parpadeaba una luz en el sótano donde estaba su taller.

Troy le había estado pidiendo a su madre un guante de béisbol y una pelota para su cumpleaños en abril. Ya estaban en un paquete en un estante en el sótano, esperando su cumpleaños.

De ese taller salían pequeñas máquinas de relojería, pequeños autómatas que divertían a los niños y a los amigos de Scarlett, pero que a sus ojos no servían para nadie. Marcharon por una pista hacia la esquina y de regreso, y sus engranajes giraron al unísono hacia una caja de música etérea incrustada en sus espaldas.

"Todo es muy extraño", comentó Leela a su hija mayor, Daisy. Leela era la más supersticiosa del grupo de amigas y se santiguaba al ver la figura encorvada de Scarlett sentada noche tras noche detrás de las finas cortinas de la casa de enfrente.

También había un hombre del que rara vez se veía y del que nunca se hablaba, y no era John Águila, de la tienda de abarrotes, quien se había enamorado de Scarlett de inmediato. John repartía hogazas de pan y botellas de leche todos los lunes por la tarde o por la noche. Regresaba penosamente a sus habitaciones detrás de la tienda bastante cabizbajo después de esos viajes, Scarlett se despedía desde el porche. Leela se alegraba de haber notado que a veces invitaban a John, especialmente para las vacaciones, que parecía haber dividido entre el lugar de su madre y la hospitalidad de Scarlett.

Leela era observadora y cariñosa, y tal vez, pensaban sus buenas amigas, un poco demasiado comprometida con los negocios de Scarlett. Pero todas estaban preocupadas por su amiga.

Se había puesto más delgada y más pálida, y aparecieron círculos oscuros debajo de sus ojos.

Después de despedirse de sus amigas, Scarlett cruzó la calle corriendo hacia su casa, unos minutos antes de que sonara la campana de la escuela de Calder para la salida. Troy cruzaba el patio de la escuela ahora, con el abrigo volando detrás de él. Le seguía un coro de "Nos vemos mañana". Stevie Cardinal se quedó mirándolo. "¡Nos vemos, Stevie!", él le dijo.

Pensaba en las visitas a su casa que ya no recibía de amigas suyas y de su hijo. Casi llorando, Scarlett estaba en la puerta mientras Michael la envolvía en sus brazos. Troy apenas le lanzó una mirada mientras pasaba apresuradamente a la cocina, tan acostumbrada estaba a la aparición, y tan desconsiderado de su significado y su conexión con los sonidos y visiones en su hogar.

Afuera, John Águila había dejado una botella de leche, una barra de pan y una bolsa de dulces. "Maldita sea", dijo de nuevo. "Ojalá no se molestara más. Ahora le debo cinco dólares. La cena de Navidad con él parece ser un chantaje. Maldición".

"Él quiere que vengas a verlo a la tienda, mamá", se rió Troy, sacando una manzana de un cuenco en la cocina. "¿Puedo tomar un vaso de jugo, por favor?".

Los brazos de Michael parecían sólidos. La expresión de su rostro era hosca. Hizo un leve gruñido con la garganta. Scarlett se escapó de su agarre. Troy miró con los ojos muy abiertos.

"Oh-oh", dijo. "El hombre está loco".

"No digas eso, querido", advirtió Scarlett.

Michael le sonrió a su hijo. "Tienes razón, hijo", dijo. "No queremos que otro hombre venga por aquí, ¿verdad? Los dos somos lo suficientemente buenos para mamá, ¿no es así?".

Troy lo miró. "Supongo. ¿Te gustaría ver mi nuevo robot?".

"¿Por qué no? Cuando tengas quince te conseguiré una moto y te enseñaré cómo juguetear con ella".

"La Sra. Balakrishnan dice que la manzana no cae lejos del árbol", comentó Troy. Masticó la fruta y derramó un poco de jugo. Scarlett se sonrojó mientras limpiaba el desastre.

"Sobre mi cuerpo frío y muerto, lo harás", le dijo a Michael.

Michael le pasó las manos muertas por los brazos desnudos. "Eso puede arreglarse". Él rió disimuladamente.

Se metió las manos en los bolsillos y apretó la mandíbula. Ella controló sus nervios por pura fuerza de voluntad.

Michael se volvió y, como una persona normal, salió por la puerta principal. Un motor rugió en la calle y chilló al noreste como una cosa salvaje en las calles heladas. "Ese es él", dijo Troy. "¿Por qué viene, de todos modos?".

Scarlett apretó las manos y la nariz contra la ventana. Leela estaba mirando desde el otro lado de la calle.

"¿Qué hay para cenar?", Troy preguntó. "Espero que no sea pescado. No me gusta el pescado".

Scarlett se encogió de hombros. "La semana pasada te gustó el pescado".

"La semana pasada tampoco me gustó mucho ese hombre extraño, mamá. ¿Por qué lo dejas entrar en casa? Es espeluznante. No cuando está bien como hoy. Pero puede ser malo contigo. A mis robots tampoco les agrada. Marchan lejos de él cuando los coloco. Es siniestro".

"No hables así de tu padre, querido". Su madre suspiró y sacó las manos de los bolsillos. Podía sentir un ardor en el estómago.

"Él no es mi padre. Mi papá está muerto". Troy arrojó su mochila al otro lado de la cocina y pisó fuerte por el pasillo hasta su habitación. Scarlett negó con la cabeza.

"Lucharemos, tú y yo", dijo.

"¡Lo queremos muerto!", Troy lloriqueó y su puerta se cerró de golpe.

<h1 style="text-align:center">CAPÍTULO 23</h1>

S e hizo el silencio en la casita, luego empezaron los ratones, *scritch scritch scritch*, detrás de las paredes. Las luces parpadearon y un largo trozo de papel tapiz se desprendió, dejando al descubierto el panel de yeso muerto y un hilo de humedad que corría por el patrón de hiedra sobre el rodapié blanco.

Un líquido turbio se acumuló como lágrimas en los cuadrados de linóleo blanco y rojo bajo los pies de Scarlett. "No estoy derrotada", declaró. "Solo hemos comenzado a luchar".

"El amor que nos perdimos todos esos años, Troy", gritó en el pasillo de su habitación, "El amor que debería haber sido nuestro, hijo, ¡lo tendremos!".

"¡Estás loca!", Troy gritó. Podía oír a sus autómatas marchar y estrellarse contra la puerta de su habitación.

Consultó su reloj, con la esfera cuadrada y los tres diales para medir el tiempo en todo el mundo. Ocho en punto. Troy estaba cansado y debía acostarlo. Ella también estaba cansada.

El teléfono de marcación que colgaba de la pared de la cocina repiqueteó, sonó y trinó, y Scarlett no respondió, sino que se sentó con un ruido sordo en una silla de cromo debajo de la ventana.

¿Está Michael Kane ahí?

Scarlett recordó las viejas historias y los recientes cuentos de horror y fantasmas, aquí mismo en Edmonton.

El restaurante La Boheme, un lugar romántico donde a menudo había anhelado hospedarse para dormir y desayunar, se veía hermoso por fuera, pero lo que sucedía por dentro no lo era. Los rumores contaban la historia de un cuidador del edificio que asesinó salvajemente a su esposa y cortó su cuerpo en pequeños pedazos. Dejó las piezas en la sala de calderas. Los invitados dijeron que podían escuchar el sonido de un cuerpo siendo arrastrado por las escaleras.

Se rumoreaba que un teatro estaba embrujado por una novia abandonada que se había ahorcado en el piso de arriba, en la década de 1920. Aparecía en el vestíbulo por la escalera o en la sala de proyecciones.

Los fantasmas no se irían, al igual que Michael nunca la dejaría. ¿Quería que los dejara solos?

No. Ella decidió que no. Quería recuperar a su amante, pero un hombre de verdad; una entidad sólida. No esto: un fantasma en la casa.

Eso. Ella lo había dicho. Había un fantasma en la casa.

Su amiga Leela conocía sacerdotes. Exorcizarían al fantasma y ella y Troy estarían libres de su padre y su marido, para siempre y por siempre, y eso sería lo más triste que le había pasado en su vida, sin tener en cuenta su muerte hace siete años.

Lo más triste. Quería a su marido sin la historia, sin las drogas y la bebida, sin la violencia, sin las amantes.

A veces era el hombre más dulce.

Amaba a ese hombre, y el recuerdo de él que pasaba por alto sus deficiencias y sus fracasos, que había enterrado con él las mil flechas de dolor que había infligido en vida, y suavizado con el tiempo las arrugas y surcos de ira que le había infligido. No respetaba ni le gustaban demasiado las mujeres, eso era seguro. Scarlett suspiró. ¡Eran un par!

Ella todavía lo amaba.

Troy guardó silencio en su habitación.

"¿Querido? ¿Troy? Se acercó de puntillas a la puerta de madera pintada con el letrero de NO ENTRAR; pegó la oreja a la puerta y escuchó la marcha de sus robots y su risa de alegría. En la cocina, el teléfono volvió a sonar. Esta vez ella respondió.

¿Está Michael Kane ahí?

"Sí", dijo y se hizo el silencio. Ella colgó.

Acostó a su hijo a la cama y se sentó sola en la sala de estar con la pared de color naranja, los paneles de caoba y la alfombra de pelo verde. En la oscuridad, una gran resolución recorrió su cerebro y sus entrañas, explotando de emoción por otro día por delante para poner planes en su lugar y arreglar su propia vida: malditos hombres, vecinos y la familia.

CAPÍTULO 24

Scarlett no le importaba que alguien la viera desde un rincón. Ella no sabía qué había comenzado la inquietud, pero sentía que era el amor de Michael por ella y su hijo y su deseo de protegerlos o velar por ellos. Estaba atrapada porque le importaba demasiado, aunque estaba muerto. Especialmente en la muerte. Él tampoco podía dejarlo ir.

Su corazón se llenó de orgullo. Y un plan.

Un ratón arañó detrás de las paredes. Los ratones nunca habían abandonado las paredes en todo este tiempo, eran insensibles a las trampas y Rocker Patch era un gato completamente inútil, pensaba ella. Lo mantuvo, solo porque había sido de Michael y porque su hijo lo amaba.

El gato lamió delicadamente su cuenco de agua, miró un punto invisible en la esquina e ignoró los arañazos detrás de las paredes de la cocina cubiertas de hiedra. Empezó a ronronear.

Sacudió la cabeza y se dirigió a preparar la ducha nocturna y el champú de Troy. Una radio en la distancia ponía 'Born to be Wild', de Easy Rider. ¿Coincidencia? A ella no le importaba.

Cuando un motor rugió fuera de su casa la tarde siguiente, cerró las puertas con llave y buscó en el escritorio antiguo donde había trozos de papel y recibos metidos en cubículos. "Sé que puse su número en alguna parte. John Águila de la tienda de la esquina. Aquí está".

Llamó a John y le pidió que le entregara una botella de whisky de cereza de inmediato, si tenía una en casa, y la compartirían, y ella se emborracharía y sería feliz. Michael, al diablo. Troy llegó a casa, fue alimentado y acostado. ¡Era tan mala madre! Los recuerdos de su consejero Brian en AA la instaban a 'poner el tapón en la botella', pero solo por esta vez ella sería una rebelde y se arriesgaría. Quizás necesitaba "valor líquido" para afrontar su nuevo plan.

Era un gran riesgo que la vieja espiral comenzara de nuevo en una neblina de alcohol, pero en este punto no le importaba. Habían pasado años desde su último trago y, después de todo, no había sido alcohólica de por vida. Seguramente se debió a las circunstancias. Sí, puede que lo haya sido. Troy apenas la recordaba bebiendo y, en cualquier caso, esta noche estaría durmiendo en su cama. Recordó la bondad de John a lo largo de los años y su paciencia. Seguramente, era hora de disfrutar de una copa en compañía de un acompañante. Odiaba ser diferente o al menos parecer diferente a los demás, sus vecinos, su nuevo amigo.

Sí, whisky de cereza esta noche y eso sería todo para beber hasta que pudiera demostrar que podía manejarlo. Un experimento, pensó, y eso es todo, pero controlado en sus propias manos capaces con ayuda. John Águila la ayudaría con la prueba y no sabía que él jugaba un papel fundamental. Era mejor así, se aseguró Scarlett, y su estómago se revolvió de anticipación. Después de una taza de café mientras esperaba, su corazón también palpitó, por lo que su rostro se sonrojó cuando apareció John.

"Siempre he pensado que eras hermosa", murmuró el comerciante a la mujer de los ojos de flores cuando llegó con el whisky. "Somos vecinos, después de todo. Estoy tan feliz de que hayas llamado. Si puedo hacer algo por ti, házmelo saber".

Extendió una mano cálida para colocarla sobre la de ella. Su mano se sentía pegajosa. Podía ver los pelos oscuros rizarse en la parte posterior. El fantasma no llegó a la puerta o la atravesó después de todo, aunque cuando se incorporó a medias en su silla para mirar por la ventana, vio una figura masculina alta a la vuelta de la esquina. Quizás Michael había aprendido la lección y no aparecería. Era dando y dando, después de todo, se dijo. Él no había sido fiel en vida y no podía esperar que ella lo fuera después de su muerte. Realmente ridículo pensar que ella debería ser fiel a un hombre muerto. ¿Era todo un sueño después de todo?

Scarlett no se había preocupado demasiado por el comerciante al principio, pero él se quedó esperando más atención de ella de la que ella le prestaba, y estaba demasiado atrapada en el pasado para poner fin a eso. Como podría serle útil, también pensó que debería mantenerlo cerca. Se merecía más que un fantasma de los años abusivos de su breve matrimonio, y John era todo lo que había. ¡Era una mala amiga, sino la viuda alegre!

"Espero que esta sea sólo una más de muchas noches juntos", murmuró John, sirviendo las bebidas. "Te he admirado desde el principio. Creo que juntos podemos aliviar la soledad, ¿no es así, querida?".

Puede que haya sido un error. John Águila era demasiado inoportuno. Bebió un sorbo de whisky de cereza y, sintiéndose culpable, disfrutó del brillo.

Rocker Patch, agachado cerca de la estufa, le siseó al comerciante. Las luces parpadearon y crepitaron. Los ratones se deslizaron y arañaron detrás de las paredes cubiertas de hiedra y la nieve fresca flotaba detrás de los cristales. La conversación de John, como siempre, fue divertida y su atención gratificante. Disfrutaba de la compañía masculina y se relajaba.

John y Scarlett, con la presencia de un Michael invisible, que después de todo parpadeaba a través de puertas cerradas, disfrutaron del último vaso de bon vivant de la noche. Más tarde, el comerciante se inclinó hacia el clima de marzo y corrió a casa, lleno de optimismo por algo que nunca podría ser.

Porque Scarlett amaba a Michael. Él siempre estaría ahí para ella. No tenía que preocuparse por esperarlo con dolor. La esperaría. Michael esperaría eternamente, detrás de las cortinas de encaje y los autómatas de su nuevo hogar en Calder, lejos de viejas heridas y violencias.

Scarlett sonrió al pensarlo y sus mejillas se iluminaron. Alto y distinguido, y lanzando amorosas miradas oscuras detrás de él hacia el cuadrado de luz en el porche con la silueta de la mujer recortada contra él, John Águila pensó que el resplandor era para él.

No lo era.

Quizás un verdadero alcohólico habría recaído más que Scarlett en esta ocasión. Pensó en sus amigos y Troy, y en su propia salud. Incluso se rió un poco esa noche por la bebida y su deseo de vengarse de Michael lastimándose a sí misma. La neblina se disipó finalmente y se acostó en la cama, las paredes y el techo giraron, y llamó a Brian a AA.

"La mejor venganza es vivir bien", dijo. "Estamos aquí por ti".

No hubo más 'deslices', ni más visitas a AA, a pesar de que sus conocidos allí y Brian la buscaban para regresar, cabizbaja y bebiendo. Ella no volvería.

CAPÍTULO 25

Michael aparecía más a menudo como una entidad sólida en la casa de Scarlett. Sus brazos se sentían cálidos y firmes, no como ella lo recordaba en los malos tiempos, sino como rememoraba los buenos tiempos.

Como hace años, cuando Troy era un bebé, ahora reconocía el sonido del vehículo de su esposo al doblar la esquina. El whisky había sido un resbalón de una sola vez, un hecho del que no estaba orgullosa y una pendiente resbaladiza, pero John estaba allí para animarla a dejarlo, y el lado bueno reciente de Michael.

"No lo presiones", dijo Michael. "Nunca bebiste en casa, cariño, hasta que tocaste fondo. No empieces de nuevo. Recuerda a nuestro hijo, tu orgullo y mi amor".

A menudo estacionaba su motocicleta en el camino de entrada, detrás de la cerca inclinada y el seto. A veces la vislumbraba, grande y cromada, no como la vieja Honda que recordaba, por supuesto, sino una Harley de dos años, con asiento de pasajero y baúl.

"¿Me llevas a dar un paseo alguna vez, Mike?", murmuró ella con la cabeza apoyada en su ancho hombro.

"No confío en el tráfico", respondió, sacudiendo la cabeza. "No es seguro y solo tengo un casco".

"Compraré uno", instó.

Él se encogió de hombros. "No llevo pasajeros".

"¿Por qué montas algo que te mataría?".

"Mi espíritu quiere morir", respondió. "Por favor, Scarlett. Encuentra una manera de poner mi alma en reposo".

"¿Cómo puedo hacer eso? Eres un fantasma de todos modos".

"Soy más real de lo que piensas. Hay formas y te ayudaré".

Ella se soltó de sus brazos y se sentó a la mesa de la cocina. La luz ardía constantemente desde el techo. Parpadeaba solo durante las tormentas y en los momentos en que la psique de Michael era como una tormenta. No ahora, cuando estaba tranquilo y cariñoso. Ella apreciaba este lado de él y deseaba que durara.

Por desgracia, nunca duró, y pronto sería reemplazado por una aparición a través de la cual ella podría ver, con brazos como niebla fría, y la vieja mueca burlona en su voz que insinuaba odio e ira que ella nunca podría entender pero que a veces igualaba.

Con los delgados brazos cruzados, se sentó frente a ella y se reclinó en la silla de cromo. "Tienes que hacer algo con los fantasmas y los espíritus que te rodean a ti y al chico".

"¿A tu hijo, quieres decir?".

"Sí. Es vulnerable y los espíritus repugnantes".

Scarlett frunció el ceño y se pellizcó el labio. "Pero eres un espíritu".

Su silla se estrelló contra las baldosas brillantes. "Siente esto. Siente mis manos. Siente mis brazos y mi pecho. Puedo abrazarte. Soy real".

"No entiendo de qué estás hablando. Tú moriste en un accidente de motocicleta en 1971, cuando Troy tenía solo tres años. Había un agujero en la parte de atrás de tu cabeza, te vi en el ataúd. Estuve allí cuando te enterraron".

"Eres un fantasma, Michael, y nunca quise esto, pero ahora que has vuelto, no sé si quiero que te vayas tampoco. Parece haber dos lados de ti, el amoroso y cálido y el otro que recuerdo tan bien, el fantasma que se burla de mi fragilidad y arroja fuego en mi alma".

Él suspiró y se alejó de ella, raspando su silla mientras lo hacía, luego la movió hacia atrás con un golpe. "Lo sé. Es confuso. Por los viejos tiempos, Scarlett, hagamos como que nunca morí. Tengamos un día de amor".

"Solíamos, a veces... muy raramente, luego te ibas y volvías a casa muy tarde y de mal humor".

"Me arrepentía de inmediato".

"Le dijiste al médico que habías fallado. Eso es todo. Fracasaste y no es que me hubieras lastimado".

"Mi madre...".

Ella se catapultó a sus pies. "¡Maldita sea tu madre! Ella te hizo esto, sé que lo hizo, pero eso no quiere decir que debas pasar el resto de tu vida rumiando sobre eso o que yo deba sufrir por su abuso. ¿Dónde están tus pelotas, Mike?".

Bajó la cabeza. "Tengamos un día juntos, cariño. Como solíamos tenerlos".

"Sí, hubo buenos tiempos, tan confusos, porque no tenían conexión con los malos tiempos. Te odié, Michael. ¿Tu sabías eso?".

"Sí".

"Yo también te amaba. ¿Como puede ser? Yo era un desastre, y cualquier cantidad de asesoramiento matrimonial solo lo empeoraba. ¡El terapeuta Lawrence me culpó!".

"Fui crítico e injusto".

"Dijiste que me amabas. ¿Cierto? ¡Él te quería en tus pantalones, Michael!".

La sólida aparición al otro lado de la mesa hizo una mueca. "Estaba muy enfermo".

Scarlett levantó las manos. "No asumas la responsabilidad".

Michael volvió a raspar la silla hacia atrás y se puso de pie. Caminó al otro lado de la cocina y regresó. "No quiero dejarlos de esta manera", dijo. Se pasó una mano por la cara. "Volveré, probablemente esta noche, y no hay nada que pueda hacer al respecto. Piensa en buscar ayuda, querida, y por favor, tranquiliza mi alma. Tienes la capacidad. Solo tienes que dejarme ir".

"Lo sé. No puedo dejarte ir".

"Por favor. Déjalo ir ... a mí".

Ella también se levantó y se acercó a él. "No me dejarás. Nunca me dejarás. Pero créeme, Mike, tengo un plan".

"Las pociones, los cristales no sirven si tu espíritu se aferra a mí".

"Creo que sé lo que quieres".

El asintió. "Lo que siempre he querido. Quiero amor, Scarlett, te lo ruego por amor. He estado perdido durante tanto tiempo. Solo el amor verdadero puede soltarme y creer que todo estará bien".

"Sí. Necesitabas mi amor en la vida y no podía dártelo de todo corazón. Lawrence tenía razón, en ese sentido, éramos dos personas que nunca habíamos tenido mucho afecto, y las personalidades que nos dio porque pensaba que éramos tan disfuncionales estaban equivocadas. Nos juntó mal".

"Hubiera sido mejor empezar de nuevo, mi amor. Como ahora".

"No podemos empezar de nuevo. Hay demasiado equipaje. Ahora pareces libre de la carga que recuerdo, Michael. Pareces estar lúcido y puedo confiar en tu visión. Anhelo dejarlo ir. Ser libre. Pero no quiero dejar ir los buenos tiempos. No sé si quieres que lo haga".

"Te lo ruego", dijo. "La aparición necesita el amor que le negaron en vida, y estará satisfecho. Tienes que dejar ir el espíritu que se te clavó en la vida, el mal que Lawrence y nuestras experiencias sembraron en ambos. Las nubes de odio e ira, la confusión, todo se aclarará. No es justo para Troy vivir en una casa de fantasmas y el espíritu de su padre. Sabe que su padre murió y está confundido por espíritus y fantasmas. Tú, sobre todo, me confundes y lo confundes".

Abrazándola de despedida, su marido salió por la puerta como un hombre normal. Escuchó la Harley salir de su camino de entrada y luego rugir calle abajo. Apretó la cara contra la ventana frontal escarchada. Una ráfaga de humo oscuro flotaba en el aire frío de la tarde.

"Se tomó un tiempo libre del trabajo para decirme eso", reflexionó y luego se golpeó juguetonamente en el costado de la cabeza. "El trabajo, estúpida, ya no trabaja y la mitad del día es como la noche para él. Soy una mujer loca. Este no es un hombre de verdad".

El cumpleaños de Troy era el próximo mes de abril. Scarlett no planeaba nada más que una reunión familiar, un pastel que preparó desde cero y un magnífico regalo para el joven. Mejor que un guante de béisbol.

Sabía que el mejor regalo que podía darle a su hijo era dejar ir el pasado y dejar ir al fantasma, que era su padre, deambulando por las habitaciones de su casita donde había esperado escapar de su oscura historia.

A veces, Scarlett pensaba que podía ser esquizoide. Era una posibilidad.

CAPÍTULO 26

*L*a alta figura de John Águila, cómodamente robusta, se dirigió al porche trasero de la casa de Scarlett, junto al seto de algodón cubierto ahora con más nieve de principios de marzo y susurrando con un viento del noreste.

Se quitó la gorra de la cabeza y se inclinó un poco cuando Scarlett abrió la puerta. "Te traje un tarro de crema para el gato y una botella de leche. ¿Quieres un frasco de yogur también? Noto que al pequeño le gusta".

Abrió la puerta. "Entra antes de que el frío entre en la cocina", dijo, apartándose el cabello castaño de la frente. "No, no necesitamos yogur en este momento, pero a él le gusta con miel y bayas. Un pequeño capricho saludable. La próxima vez que estemos en la tienda compraré algunos. No quiero que la tienda de conveniencia sea una molestia, por muy conveniente que sea", y sonrió.

Sonrió y se quitó la chaqueta de lana de sus anchos hombros. Dejó las botellas en la mesa de la cocina junto a la entrada.

Rocker Patch deambulaba por la habitación desde su caja de arena en el pasillo. El gato naranja no siseó, sino que frotó sus mejillas en los tobillos de John y ronroneó.

Con una mano en el pomo de la puerta de la pequeña cocina, el dueño de la tienda acercó una silla con la otra y levantó una ceja oscura para preguntarse si estaba bien sentarse.

"Sí, John, siéntate. Es una noche fea para estar fuera, incluso a una distancia tan corta como tu casa y la mía. Es difícil de creer que será primavera en dos semanas".

"Sí, sabes lo que dicen sobre marzo y el león. No quería dejar la leche afuera en el frío para que tal vez se congelara", explicó, y juntó sus grandes manos debajo de la barbilla mientras miraba a la hermosa mujer. "Además, ya sabes, quería verte. Troy está en la cama o ¿puedo darle las buenas noches?".

"No, está en la cama, pero probablemente aún no esté dormido. Sin embargo, prefiero no molestarlo. Sabes lo que dicen sobre los cachorros dormidos. Rocker está de camino a su cama, supongo. Duerme con Troy".

John se inclinó y acarició al gato meloso detrás de sus orejas. Rocker Patch respondió acurrucándose alrededor de los tobillos del hombre y ronroneando. "¿Crema?", preguntó John.

"En realidad, no es buena para él", respondió Scarlett. Pero tal vez un poco. A él le gusta".

Vertió crema para el gato en un pequeño plato blanco. Lamió la espesa y rica golosina y luego sumergió una pata rosada en el plato y la lamió. Cuando el plato estuvo vacío, volvió a rozar su mejilla contra la pierna de John, marcando al hombre como si fuera suyo, luego se marchó para colarse en la habitación de Troy. John y Scarlett lo vieron marcharse.

"Deberías tener una mascota peluda", observó Scarlett. "Eres bueno con esos".

"Me gustaría", dijo John, "pero viajo durante parte del invierno cuando cierro la tienda, para escapar del frío y la oscuridad aquí en Alberta. Tendría que llevarme una mascota o alojarme con ella, y no sería justo para el gato o el perro".

"¿Pero tienes pájaros? Hay al menos dos o tres en esa jaula de bronce con forma de campana en tu tienda".

"Sí, tengo los periquitos opalinos y verdes. No parecen reproducirse, así que sospecho que son todos de un mismo género o quieren su privacidad. Los dejo con mi madre cuando me voy. A ella le gusta la compañía y no le molestan mucho".

"Nunca he conocido a tu madre".

"Te la presentaré alguna vez. No siempre nos llevamos bien", dijo. "Es una anciana luchadora, como lo fue mi padre en su época. Falleció de problemas cardíacos hace unos diez años, pero mi madre continúa en la casa que compartían en el área de Bonnie Doon, bastante lejos de aquí. Ya no sale mucho. Bastante frágil ahora y dejó de conducir hace unos años, después de la muerte de mi padre".

Scarlett sonrió cortésmente. "Me gustaría conocerla en algún momento. ¿Por qué no te llevas bien con ella?".

"Oh, ella piensa que debería haberme casado y haber tenido nietos hace mucho tiempo. Cree que no tengo ambiciones. Me fue bien en la escuela y tengo un certificado universitario en negocios, pero ella no reconoce la tienda como un emprendimiento o un éxito. Estoy seguro de que decepcioné al viejo cascarrabias español".

"A menudo nos sentimos así por nuestros padres", comentó. "¿Té?".

"¿Por qué no?", preguntó, y se levantó para poner la tetera en el fuego.

"Has estado aquí lo suficiente como para saber cómo moverte", observó. "Probablemente debería ofrecerte algo más fuerte".

"Oh, no, gracias, creo que el whisky fue un error. El té estará bien". Cuando la tetera hirvió, Scarlett vertió el líquido burbujeante en una bonita tetera inglesa y sacó cuadrados de chocolate.

Ahora que estaban sentados de nuevo, extendió la mano por un cuadrado sobre la mesa. "Eres una buena cocinera".

Ella arqueó las cejas. "Práctica. Sin embargo, no es tan bueno como tu pastel de carne".

"Mi única especialidad", se rió. Algunas migas cayeron sobre su regazo. Las limpió con una servilleta de papel blanco. ¿Y tú, Scarlett? Nunca te escuché hablar de tu familia más que de Michael y Troy. ¿Dónde naciste?".

Le temblaban las manos cuando partió un trozo de pastel. Ella se movió en su silla. "Aquí en Alberta. No hay mucho que decir. A diferencia de ti, no soy hija única, tengo dos hermanos y tres hermanas, pero como tú, mis padres estaban decepcionados conmigo, aunque asistieron a nuestra boda en 1965. Fue una boda pequeña. No estábamos seguros de que vendrían. Recuerdo que nos regalaron un maravilloso sillón reclinable de cuero que fue una sorpresa. Viven en el norte cerca de Fort St. John y tienen una pequeña granja allí, aunque planean retirarse pronto y dividir la granja entre mis dos hermanos".

"Mis hermanos son solteros. Es una comunidad aislada y no viajan mucho. El hijo mayor, Ben, es bastante gruñón, como mi padre, pero el otro, Patrick, es bastante despreocupado y todos pensamos que se casaría joven, pero nos sorprendió. Todas mis hermanas se casaron jóvenes y se mudaron, probablemente para alejarse de la granja y sus demandas. Mucho trabajo allí y poco reconocimiento de mi padre".

"Suena bastante severo. "¿Escocés?".

"No, nuestros bisabuelos se establecieron en Ontario en el siglo XIX, así que somos canadienses de tercera o cuarta generación. Extracción mixta: realmente no sé cómo deberíamos llamarnos. Mi madre es inglesa y alemana y la familia de mi padre era polaca, originaria de la región de Red Ruthenia, ahora solo parcialmente en la Polonia moderna. Su bisabuelo era prusiano, creo".

"Ah, un temperamento teutónico".

"Sí, pero le gustaba una buena broma. Recuerdo que me sonreía constantemente. Creo que yo era su favorita. Mis hermanos son mayores que yo. Ben es el mayor y Patrick es uno de los hijos del medio. Nosotras las chicas estamos por todos lados. Creo que realmente mi padre quería una familia de niños para ayudar en la granja".

"Las niñas pueden ayudar en la granja. Conozco a muchas esposas e hijas de granjeros que trabajaban junto a los hombres tan duro como los hombres trabajaban".

Ella se encogió de hombros y se sirvió más té. "Sí, pero nuestra familia no era así. Las niñas ayudábamos en el huerto y con las gallinas, horneábamos, cocinamos y hacíamos las tareas del hogar".

"¡Qué asco!", dijo.

"Lo sé. Me rebelé, y de ahí la decepción. Yo tampoco me casé bien, pero no creo que lo sospecharan. Recuerdo que mi madre me dijo, después de que Michael logró subyugarme en un par de años, que yo era una 'buena chica'".

"Ugh". Revolvió la leche en su taza de té humeante de rosas rojas. "¿Dónde están las miniaturas que vienen en la caja de té de rosas rojas?".

"Un buen cambio de tema", se rió, aliviada, y se acercó al alféizar de la ventana donde todo tipo de miniaturas de Wade brillaban con la luz eléctrica. "Aquí están".

"Por supuesto", dijo. "Mi madre también las colecciona".

Se inclinó sobre la mesa y tomó la mano de John. "Sabes, John, nunca podemos ser más que amigos. Eres un buen amigo y valoro tu compañía. Te extraño cuando vas a Comox en enero y febrero, y agradezco tu amabilidad. Troy también te admira. Pero espero no estar alentándote".

"No", dijo. "Sé que tienes razón y lo entiendo. Creo que Troy es un buen joven y estaría orgulloso de ser parte de tu familia. Pero no existe la chispa para ti. Sé que soy un tipo sencillo. Siempre he estado trabajando con esfuerzo. Creo que eres tan hermosa como un lirio de los valles, Scarlett. Admito que te deseaba desde el momento en que te vi entrar en mi tienda, pero también existe la diferencia de edad".

"Gracias John. Todas las vacaciones de verano llevo a Troy a ver la tumba de su padre en el cementerio de Beechmount. Tiene una placa plana, de granito rojo, simplemente dice 'Descanse en paz'. Pensé que era apropiado. Nos lo vamos a omitir este verano, pero te invitamos a unirte a nosotros en cualquier otro momento. Has escuchado suficiente sobre él".

"Solías vivir en esa área, ¿no es así? ¿Cerca de 124th Avenue y 104th Street?".

"Nuestra casa estaba cerca del Aeropuerto Municipal donde casi podíamos ver los ojos del piloto mientras rugían sobre nuestro techo", se rio Scarlett. "Era un alquiler barato, por eso. Nuestra amiga Nancy Clarke todavía vive en esa área, con nuestro periquito Max y nuestro perro Angus".

John Águila se secó la boca con la servilleta de papel. Cogió otro dulce de chocolate. "Este será el último cuadrado y la última taza de té de hoy. Delicioso". Palmeó su estómago. Las mangas de su jersey holgado de algodón estaban arremangadas hasta los codos. No pudo evitar notar los músculos anudados debajo de sus antebrazos, cubiertos de pelos oscuros. Se preguntó cómo reaccionaría si él presionaba su cuerpo contra su musculoso pecho. *No.*

Michael era tan real para ella, sólido y cariñoso como lo había sido anoche. No tenía lugar para otro hombre en su corazón, y deseaba además la química que brillaba entre ella y Michael cuando él era tan cariñoso como lo había sido anoche, y su rostro se suavizó por la habitual burla y el tono de su voz. tranquilo y gentil, ya que era muy poco común. La noche anterior había sido mágica.

"No tengo ninguna oportunidad", comentó John, y ella comenzó con la precisión de su observación en este momento.

"Sin embargo, somos buenos amigos", dijo. "Habrá alguien ahí fuera para ti, John. Eres un hombre atractivo, solo un poco tímido con las mujeres hasta que nos conoces".

"Sí". Se levantó, se puso la chaqueta de lana y se tapó las orejas con el cuello. Cuando le abrió la puerta, el viento del noreste se había intensificado y había azotado la nieve en el porche gris. Una pala de nieve y una escoba se encontraban apoyadas contra la pared interior. Agarró la escoba y barrió los diez centímetros de nieve sobre los montículos blancos del patio trasero.

"No te olvides de tu gorra", gritó y él sonrió y saludó mientras bajaba corriendo las escaleras. "¡Gracias!".

"Gracias por el té y las golosinas", respondió. Buen momento para volver a casa. Esta tormenta viene del Círculo Polar Ártico y creo que se asentará durante una semana o más. Cuídate, Scarlett, y asegúrate de que Troy esté abrigado mañana. Su fuerte voz de barítono casi se perdió en el aullido de la ventisca.

"¿Qué?", gritó en el vendaval, pero él se había ido, su silueta era iluminada sólo por una farola barrida por la nieve.

"Maldito país", murmuró Scarlett y cerró la puerta para dar paso al calor y el silencio de su hogar. La bombilla eléctrica del techo de la cocina se atenuó. "Maldición". La temperatura bajó cinco grados, lo que a veces sucedía antes de que el *fantasma de la casa* hiciera su entrada. Los ratones arañaron y se deslizaron detrás de las paredes, pero no apareció ningún fantasma.

"Estás de mal humor y celoso", se rió y se sintió bien al respecto. Si tan solo pudiera quedarse con las partes buenas y descartar el resto. Un plan se formó en su mente mientras se preparaba para dejar ir el pasado y el espíritu que perseguía su pequeño hogar.

CAPÍTULO 27

El anillo de rubí con piedra de nacimiento con el que Scarlett enterró a su marido no se perdió después de todo ante la perfidia de los directores de funerarias. Durante su corta e imprudente vida, ella creyó que la gema preciosa la protegía de cualquier daño. El violento accidente de motocicleta en el verano de 1971 le arrancó todas las esperanzas de redención y matrimonio del hombre.

Un regalo que ardía en la oscuridad de su alma, el anillo brillaba ahora desde el dedo medio derecho de su fantasma, pero ella notó que no siempre estaba presente. Nunca había sido más que un adorno en la vida, una muestra de amor poco apreciada pero desgastada por el deber y quizás un sentido de orgullo y un destello de amor. Ella le había dado el anillo en su cumpleaños dos años antes de su boda, dos meses después de que se conocieron con un fervor y una calidez picante.

Scarlett hojeó la pila de efemérides que enumeraban los movimientos de las estrellas y los planetas en el momento del nacimiento de Michael, en agosto de 1942, y el suyo en octubre de 1944. A él le gustaba ser Leo, el león, el capitán de su alma y de la de ella. A pesar de la insistencia de Dorothy en que la astrología era una tontería, Scarlett creía que las estrellas que ya no oscilaban en la sincronicidad exacta como hoy en los cielos astrológicos, eran todavía poderosos milenios después de la creación del zodíaco.

Creía en el poder de los cristales y las gemas preciosas, en el poder del rubí, aunque no estaba probado. En el poder del primer amor.

Sus creaciones en la mesa de trabajo hicieron tictac y refutaron la incredulidad de Michael de que su esposa pudiera construir un autómata capaz de encapsular su espíritu. Tenía en mente una especie de exorcismo, pero no estaba segura de que funcionaría a menos que realmente dejara ir su espíritu con el de ella. Ella sintió que estaba lista. Ella involucró a su hijo en esta nueva empresa y, como resultado, en la prueba final y la liberación de su padre.

Los robots mecánicos de Troy marcharon hacia la construcción que era su padre. Los engranajes zumbaron y las llaves de cuerda en la parte trasera giraron lentamente bajo las cabezas mecánicas que se balanceaban y los ojos deslumbrantes de la linterna.

"Cuán maravilloso y temiblemente estamos hechos", protestó Scarlett, mientras la forma de su esposo se retorcía en las garras de las estructuras mecánicas y los cánticos que capturaban su alma. Las figuras de acero de quince centímetros giraban a lo largo de la pista de metal creada por su hijo, extendiéndose por el polvoriento suelo de olefina del sótano hasta la esquina donde el cuerpo de Michael con andamios les daba a las criaturas un punto de apoyo para subir a su cerebro.

Sintió arcadas ante el olor a aguarrás y balsámico del líquido burbujeante en el matraz Erlenmeyer controlado por los mecanismos de relojería de las maquinaciones de Scarlett con tubos de hierro negro y piezas de lámpara en la mesa de trabajo.

"Lo tenemos ahora", gritó Troy e inclinó el primero de los robots de acero de seis pulgadas hacia la gran extensión del torso de su padre hacia su cerebro.

La boca de Michael se distorsionó en una sonrisa detrás del enrejado de metal que envolvía su rostro. De sus oídos se escaparon volutas de humo. Ectoplasma verde rezumaba por los lados de sus ojos. Desnudo a excepción de un par de calzoncillos bóxer del equipo de hockey de los Oilers, un regalo que su esposa recordaba de su segunda Navidad juntos, Michael intentó hablar.

"Soy tu padre", resopló la figura y él continuó sonriendo; extendió la mano para acariciar los rizos de la cabeza de su hijo. "Has demostrado tu valía mucho más allá de mí, Troy Michael Kane. ¿Cuántos años han pasado desde tu nacimiento?".

"Lo siento mucho, Scarlett. Ustedes no merecen estas visitas más de lo que merecían el trato que les di a ambos cuando estaba vivo. Pero mi resurrección era necesaria para mi propia redención y la tuya".

Los robots continuaron su inexorable ascenso hasta su cabeza, donde su cerebro colgaba expuesto en la parte posterior de un cráneo abierto que se mantenía unido solo por la jaula de metal. Cruzó la habitación y puso la mano sobre el graso órgano gris. "Has estado ocultando tu herida", susurró.

El fantasma de Michael resopló y ectoplasma verde se arremolinaba desde su boca hacia la habitación. El último de los robots subió a la parte superior del andamio alrededor de la cabeza de Michael. El frasco burbujeó y chirrió en el mechero Bunsen. Visible por los brillantes rayos de sol a través de la ventana alta, el líquido turbio se arremolinaba y se disipaba como gas en el aire polvoriento del sótano. Las brillantes hojas ovaladas del algodonal comenzaban a ponerse verdes en el patio exterior.

Preparándose para cavar, los robots empuñaron sus afilados instrumentos sobre la carne húmeda de Michael. Empezó a reír. El ectoplasma se arremolinó y tomó lentamente una forma familiar.

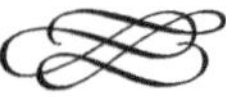

CAPÍTULO 28

"¿*L*a mamá de mi viejo amigo Scott?", Troy preguntó con incredulidad mientras Scarlett jadeaba.

Recordada con cariño de hace siete años, su amiga Nancy, de su antiguo vecindario se balanceó al lado de Michael.

El mecanismo de relojería giraba, la pista de acero zumbó cuando los robots vacilaron y el matraz Erlenmeyer se fracturó y cayó al suelo. Por último, el rostro de Nancy tomó mejor forma. Era de estatura media y rechoncha, ojos color avellana cálidos y amables como Scarlett la recordaba.

"¡Deténganse!", Troy ordenó a los robots y presionó un botón. Los seres mecánicos de quince centímetros enfundaron sus instrumentos y volvieron a bajar por el largo camino a través del andamio hasta el suelo y de regreso a los pies de Troy.

Los cristales que Scarlett sostenía se agitaron en su palma. Sabía que el rubí que llevaba en el dedo derecho de su marido contenía una magia mucho más poderosa que cualquier piedra que poseyera, aunque al final no lo había protegido de daños físicos. La celosía resonó alrededor del cuerpo espiritual de

Michael y su alma brilló, el agujero en la parte posterior de su cabeza ya no era evidente. La lustrosa mata de cabello rubio se enroscó alrededor de su cuello.

Troy corrió hacia su padre y le rodeó la cintura con los brazos. Conectando con carne sólida. Los robots yacían amontonados en medio de la habitación. Michael, incómodo como siempre con el contacto físico, acarició la cabeza de su hijo y sus mejillas estaban mojadas con lágrimas espirituales saladas.

"Tengo un corazón", susurró. Su forma se volvió suave en el contorno y su sonrisa se derritió en las comisuras de sus labios y comenzó a inclinar la hermosa boca llena.

"¿Qué estás haciendo aquí, Nancy?", Scarlett jadeó. Se apartó de la pareja que estaba incorporada ante ella, el cristal de la fotografía detrás de ellos brillando y reflejándose en sus ojos.

"Mi espíritu siempre estuvo aquí con él, en el fondo, invisible. Mi cuerpo permanece en casa donde me conociste", susurró Nancy. "Tengo un mensaje para ti".

Rubí, Piedra de Fuego y Sol, te activo con Amor,
"¡Protégeme de la derecha, la izquierda, abajo y arriba!".
Scarlett negó con la cabeza. "No entiendo".

"Esta hermosa gema, la piedra del planeta Marte y el signo astrológico Leo, mantiene y realza la sabiduría, la riqueza y aleja a las brujas y magos malvados".

"El anillo de tu esposo también le llegó en la muerte del mundo físico al mundo espiritual y lo protegió en el infierno del destino que merecía. Porque fue una poderosa muestra de amor bendecida por la inocencia".

"¿Qué tienes que ver con mi marido?", preguntó Scarlett. Arrancó a su hijo del abrazo de Michael y lo abrazó.

"¿No es obvio, cariño?", preguntó Nancy. "Mi espíritu voló aquí al mando de los cristales que tienes".

"Sabía que me necesitabas después de todos estos años,

como me necesitabas cuando éramos vecinas. Mi cuerpo es corpóreo y espera como siempre en la casita que recuerdas, con mi hijo Scott, que era el mejor amigo de Troy en nuestro antiguo barrio. Mi espíritu voló hacia Michael y hacia ti porque fui convocada, pero soy como me recuerdas en la vida.

"Este espíritu que ves no es más que una proyección astral. Seguro que lo entiendes, amiga. Estábamos cerca y seguimos estando cerca. Mi espíritu está de luto contigo a pesar de que te traicioné. Oro para que me perdones".

"Pero, ¿quién eres tú para mi marido?", preguntó Scarlett. Troy se aferró con fuerza a la mano de su madre. "¿Qué quieres decir con que me traicionaste?".

"Yo era su amante", admitió Nancy, sacando la barbilla.

"Pero la secretaria ...".

Michael pasó el brazo por los hombros de Nancy. "Una artimaña", dijo. "Nunca hubieras sospechado de tu buena amiga y vecina, y era más fácil culpar a una compañera de trabajo".

Scarlett lanzó un largo y primitivo grito y luego se tapó la boca. Troy, con los ojos muy abiertos, mirando a su padre boquiabierto, se tapó los oídos con ambas manos y corrió hacia la puerta y luego de regreso hacia su madre.

Michael le tendió la mano a Scarlett. "Lo siento", dijo. "Puedo explicarlo".

"¿Qué?", Scarlett jadeó. "¿Explicar qué?".

"¡Papá!", Troy jadeó. Un hombre alto y larguirucho con cabello pálido y ojos azul cerúleo se apoyó en la puerta detrás de él. La mirada de Scarlett pasó de él a la forma del rincón. No podía distinguir la diferencia entre las dos figuras, excepto que Michael estaba casi desnudo y magullado, y débiles volutas de humo salían de las aberturas de su rostro. Estaba de pie con un brazo alrededor de Nancy y una mano extendida hacia Scarlett.

CAPÍTULO 29

"Michael es un gemelo idéntico", dijo Nancy. "El nombre de su hermano es Charles. Te ha estado esperando a ti y al hijo de su hermano. Charles es real y sólido en este mundo, Scarlett. Él te consolará con los mismos brazos que te consolaron en el pasado, si lo permites".

"Me fui de casa cuando estaba en mi adolescencia", dijo Michael. El cuerpo astral de Nancy se acurrucó más cerca de él.

"Yo siempre fui la oveja negra y Charles era el bueno. Acordamos que nos mantendríamos en contacto en secreto, porque nuestros padres no querían tener nada más que ver conmigo. Con razón, como sabes, Scarlett, con razón. Fui una mala semilla desde el principio. Charles pareció obtener todo lo bueno que deberíamos haber compartido entre nosotros.

Charles compartió mi matrimonio contigo, aunque tú no lo sabías. Sé que estuvo mal, pero él me protegió cuando necesitaba una coartada. Incluso en mi funeral, cuando estuvo ausente para que no supieras el subterfugio, tenía una excusa para nuestros padres. Vigilar mi espalda y la tuya fue su obsesión durante años. ¿Los arañazos y las luces en la habitación de Troy? Ese era mi fantasma, inquieto, buscando a mi hijo y su pequeña alma, sin poder descansar. El hombre que miraba a través de las cortinas era Charles, cuidándote, asegurándome de que todo estuviera bien, poniendo mi espíritu a distancia para no lastimar a mi familia más de lo que ya lo había hecho".

El hombre que descansaba contra el umbral de la puerta dio unos pasos hacia la habitación. "Estuvo muy mal", dijo. "Lo siento mucho. Quería protegerte de las malas acciones de mi hermano y darte un poco de la vida que quería que tuvieras".

"¿Había dos de ustedes?", Scarlett jadeó. "Sé que mi esposo era impredecible, a veces dulce; a veces indiferente. Pero nunca sospeché esto. ¿Cómo pudiste salirte con la tuya con un secreto tan grande, una mentira tan grande todos estos años?".

"Michael siempre ha sido muy manipulador", dijo su hermano. "Eras joven y confiada. Para él fue fácil hacerlo".

Scarlett frunció el ceño, se enderezó, extendió sus delgados brazos y abrazó a Troy con más fuerza. "¿Por qué has vuelto? Mantente alejado de mi hijo".

"Me enamoré de ti", dijo Charles simplemente. Se encogió de hombros y enganchó los pulgares en la gran hebilla del cinturón.

"¿Alguna vez ...?".

"No", dijo Charles. "Nunca te toqué. No de esa manera".

"Te respetamos demasiado por eso", dijo Michael.

"¿Alguna vez me amaste, Michael?", preguntó Scarlett. Troy se soltó de los brazos de Scarlett, pasó corriendo junto a su tío y salió por la puerta. Podían oír sus pasos en las escaleras al salir.

"Te amaba mucho", dijo su esposo.

Nancy asintió. "Eso es verdad".

"¿Por qué me trataste así?", preguntó Scarlett. Se sintió mal del estómago. "¿Alguien puede traer a mi hijo?", ella continuó.

Charles se volvió y desapareció hacia las escaleras. Oyeron abrirse y cerrarse la puerta trasera y su voz, tan familiar, llamando a Troy.

"Hay una canción de Johnny Cash sobre una serpiente que mordió a una mujer que la rescató", respondió Nancy. "La serpiente dijo, mientras se estaba muriendo: 'Sabías que era una serpiente cuando me acogiste'. Era su naturaleza".

La cabeza de Scarlett se tambaleó. Las voces y los pasos en las escaleras anunciaron el regreso de Troy y Charles.

"Una mala semilla", murmuró.

"Traté de compensarlo", respondió Michael. "Pero era obvio para mí que era Charles a quien amabas. Y él te amaba".

"¿Por qué no me lo dijiste?".

Michael bajó la cabeza. "Me estaba protegiendo. Tenía miedo. Había mucho que perder, especialmente después de que tuvimos un hijo".

Pensó en ese terrible día. Luego la motocicleta. Luego la lluvia y el puente y el estandarte de luz. El accidente. ¿A dónde ibas esa noche? Nancy estaba en casa todo el tiempo. Lo sé porque hablé con ella por la mañana".

Michael negó con la cabeza. El ectoplasma que era el espíritu de Nancy gimió, conectado a su cuerpo inquieto y real en su cama en la vieja casa. Como un lobo con un cuchillo en los huesos, gimió y gritó una canción que golpeó el alma de su antigua amiga. *Jolene*.

CAPÍTULO 30

*L*os chacras de Scarlett se incendiaron y descargas eléctricas recorrieron su columna vertebral. Derramó los cristales de la otra mano al suelo, donde resonaron y brillaron como pequeños diamantes, como gemas preciosas que no eran. Algunos de ellos brillaban como deberían ser los rubíes.

"Él también me fue infiel", dijo Nancy. "Tenía una cita en el lado sur con su secretaria de la empresa para la que trabajaba".

"Entonces, había una secretaria involucrada".

"Sí. Yo también lo sabía. Y lo amaba. El hombre era salvaje, cruel, el esposo de mi mejor amiga".

"Hasta que mi conciencia y tú me liberen, debo sufrir eternamente de esta forma, atado al espíritu de Michael. Estoy pasando por los movimientos de vivir en nuestro antiguo vecindario, Scarlett. Donde aún me puedes encontrar, si lo deseas".

"No éramos tan buenas amigas como para mantenernos en contacto", declaró Scarlett. "¿Quizá fue la culpa de tu parte lo que nos mantuvo separadas después de que nos mudamos a Calder, a pesar de nuestro pájaro Max y mi perro

Angus, quien debe haberte recordado constantemente a nosotros?".

"Culpa y dolor", respondió el espíritu de Nancy. "Todavía lloro en las pequeñas habitaciones solitarias que deberían haber sido desocupadas o renovadas hace años. Nuestros espíritus han venido a hacer restitución, como lo decretan las leyes del universo. Mi Jack me dejó hace mucho tiempo por el camino abierto y otros brazos".

"Lo siento", dijo Scarlett. Te dejó mucho antes de eso, lo sé. Y yo, yo nunca volví por Angus o Max, y nunca los extrañé, ni te extrañé a ti, amiga mía, tan profundamente en mi sufrimiento estaba".

"En algún lugar de todos nosotros hay un caparazón vacío que debería haber estado lleno de amor por todas las criaturas de Dios, pero en cambio, egoísmo y aislamiento de todo lo que es bueno y cálido en este mundo, todo lo que nos haría completos, hombres y mujeres, o cada género con el suyo. Tan solo y anhelando la compañía y el amor".

Michael extendió la mano y tocó el brazo de su esposa. "Estoy muerto", dijo. "No volveré. Haz una nueva vida con Charles y nuestro hijo. Sé feliz, esposa. Eso es lo que siempre he deseado para ti. No pude evitarlo, Scarlett. A veces pienso que estaba demasiado enfermo para controlar mis propias acciones".

"No *podía* controlar sus acciones". El gemelo de Michael estaba en la puerta de nuevo, su brazo alrededor de Troy. "Estaba demasiado débil".

"Charles tiene todos los genes buenos". La mirada de Michael se posó en el niño y luego en su esposa. Lo siento mucho, Scarlett.

"Yo también lo siento", dijo Charles. "He esperado todos estos años a que te dejes ir. Pero no pude darme a conocer. Me parezco a él. Pero no soy un fantasma, Scarlett. Soy real".

"Pero, *¿por qué?*", Scarlett jadeó, echando los brazos detrás de ella sobre la mesa de trabajo. "¿Por qué me engañaste tanto?".

Un motor empezó a funcionar, puesto en movimiento por la inclinación de la mesa. La razón para construir el mecanismo simplificado quedó clara. Se tambaleó al final de la pista, las alas de metal se extendieron desde los tanques de vapor de hierro fundido, y se elevó hacia arriba a través del éter arrastrando el alma inmortal de su esposo más allá de las viejas vigas del techo, encerrada en el líquido agitado del matraz Erlanger volcado en el piso, con el hechizo de la bruja gritando y ascendiendo a lo que su vecina Leela siempre insistió que era el Purgatorio, donde su alma sería limpiada.

Michael gritó mientras ascendía entre humo y grasa. Las hojas del algodonal ovaladas de color verde primaveral se deslizaron y se arremolinaron en una tormenta repentina fuera del cristal de la ventana, entonces el ojo de la tormenta se quedó muy quieto. El cielo rojo desapareció del cuadrado de cristal sobre sus cabezas. La oscuridad cubrió el paisaje como un enorme cuervo aleteando.

"Soy feroz ahora", dijo Scarlett. "No como lo recuerdas, Michael".

"Bien por ti, querida." Su forma vaciló. Él y el espíritu traslúcido de Nancy se tomaron de las manos. Ambos brillaban como un rayo de luna sobre la nieve, fríos, blancos y lúcidos.

Scarlett se puso un dedo debajo de la barbilla y frunció el ceño. "Espera un minuto, Nancy".

"¿Qué pasa, querida?". Cuando la leche fluye de una ubre cuando se aprieta, las palabras brotan de la forma de Nancy.

"Las llamadas telefónicas. ¿Eras tú?", Michael parecía confundido. El ectoplasma brillante que era el alma de Nancy se estremeció.

"Sí. No era mi cuerpo, querida. Entiende, te quiero mucho a ti y a Troy. Era mi espíritu, extendiéndose, perdido, solitario en el infierno electrónico solo para escuchar una voz humana pronunciar su nombre en este mundo".

"Con la esperanza de hacerme daño", acusó Scarlett. Ella estrelló un puño sobre la mesa. "Cruel, inusual, demasiado extraño, Nancy. ¿Cómo pudiste? ¿No sabes que nos asustó y nos disgustó?".

"Lo sé. Lo siento mucho. Era la única forma en que podía traer siquiera una apariencia de ser a mi alma amorfa aquí en la Tierra. Un día, mi espíritu se coló por una grieta en la ventana de Troy. ¿Recuerda que el teléfono no sonaba a altas horas de la noche? Esa noche lo hizo".

"¿Por qué?", preguntó Scarlett.

La fría luz plateada de la luna en la habitación se endureció hasta convertirse en pura agonía y luego se oscureció con una nube que anunciaba una tormenta que se avecinaba. "Enfado. Odio. Heridas. Heriste a Michael, lo sabes. Una parte de mí estaba destrozada por eso, así como para enfrentar nuestro matrimonio estropeado. Jack, mi marido ausente, y Michael, tu apuesto infiel que me buscó con sus historias de infelicidad marital".

Scarlett reflexionó. "Sí. Sé que hizo eso con muchas mujeres vulnerables y algunas le creyeron. No pude defenderme, golpeada como estaba, y con un niño y una sociedad que culpa a la esposa por el comportamiento del esposo. Algún día espero que eso cambie. Seré la primera en defender a las madres solteras y las esposas maltratadas".

"Mi alma dejará tu casa ahora, amiga mía. Por favor, perdóname la transgresión. Me sentía muy sola y muy infeliz".

"Como mereces estar, Nancy", espetó Scarlett. Te perdono y lamento no haberte buscado después de que nos mudamos a Calder. Cuidaste de Angus y Max por mí, me amabas a mí y a mi hijo a tu manera, y siempre estuviste ahí para mí, sin importar las circunstancias de tu vida alternativa. Sé que le diste a Michael lo que yo no pude, aunque, querida, ¡su secretaria probablemente le dio más!".

"La secretaria. Sí, el elemento misterioso que podría haberse parado al margen del funeral y haberse reído de nosotros".

"O no".

Los fragmentos de luz en la habitación desplazaron la forma de Nancy e hicieron clic como un caleidoscopio. "No lo sabemos. Hay tanto cielo e infierno aquí en la Tierra que la gente crea para sí misma. Nosotras, las mujeres solitarias, ciertamente nos hemos acostado en muchos dormitorios, como los poetas de antaño".

El espíritu de Nancy se fracturó y se partió en miles de copos de plata. Se alejó rápidamente cuando el ojo de la tormenta se movió y la sostuvo brevemente en su abrazo helado. La fotografía del Octavo Círculo del Infierno de Botticelli, que colgaba de la pared del sótano frente a la mesa de trabajo, engarzada por el vidrio que brillaba y brillaba en tantas ocasiones para cegarlos, se estrelló contra el suelo y se hizo añicos. Flotando sobre el techo de madera macizo, pero de alguna manera a través de él, el esposo de Scarlett y su amante sonrieron anticipando la gracia.

Un biplano que había sido un autómata que conducía a su cerebro se elevó hasta convertirse en un remolino de nubes. Scarlett recordó para siempre sus palabras de despedida. "Por favor perdóname".

"Perdóname tú también", gritó, y su alma ascendió. "Te perdono, Nancy".

Michael y su compañera desaparecieron por separado, él a un plano superior y el espíritu de Nancy regresó a su antigua casa con su hijo Scott. Volvió a los recuerdos de su infiel marido ausente, Jack, y las malas acciones con las que tuvo que vivir.

CAPÍTULO 31

"Debe haber sido una tortura para ellos", dijo Scarlett. "Todos esos años de engaño y desamor en casa".

"Sí. Para ti también, no lo olvides. Pero ya se acabó. Y estoy aquí si me quieres", susurró Charles. Troy miró a su tío con grandes ojos confiados llenos de lágrimas.

"Tomará un poco de tiempo. Quizás para siempre", dijo Scarlett. Ella alcanzó a su hijo y él se apoyó en su cálido cuerpo.

"Una cosa, Charles. Michael trabajó para *Coral Bay Oil & Gas Inc.* durante muchos años cuando lo conocí. Le encantaba. Le sentaba bien, aunque no ganaba mucho dinero, pero tenía buenas prestaciones y una buena póliza de seguro. Lo que nos ayudó mucho. Pero no parecía tener los medios para ganarse la vida. ¿Tú qué haces?".

"Doy vueltas por las empresas de Fortune 500". Charles se volvió hacia la puerta. "Para mí es importante hacer mis propias horas y poder ser independiente. Me gano bien la vida, tenlo por seguro".

"También tengo buenos beneficios, Scarlett. Una buena

póliza de seguro. Como Michael". Puedo cuidarte bien a ti y al chico, cuando estés lista. Solo te pido que lo pienses. Por ahora".

"Oh, lo siento", suspiró Scarlett. Ella le puso una mano en el brazo. "No era mi intención entrometerme, Charles. Pero también pareces ir y venir como un fantasma".

Charles sonrió. "Lo hago. Estoy acostumbrado a eso. Me iré ahora".

Troy extendió una mano. "No, no te vayas", dijo. "Te pareces a papá".

"Dale tiempo", respondió Charles. Su hermoso rostro floreció en una sonrisa que era como una luz dorada en la penumbra de la puerta. Sus anchos hombros se tensaron contra la camisa blanca de vaquero que vestía y la enorme hebilla del cinturón occidental colgaba de sus ajustados jeans. La boca de Scarlett estaba seca.

"No te recuerdo más que el lado cariñoso de Michael", dijo. "Pero creo que hemos salvado a mi marido".

"Yo era parte de los buenos tiempos", respondió Charles. "Puedo serlo de nuevo. Se puede confiar en mí, cariño".

"Sí", dijo. "Los buenos tiempos volverán".

Charles la abrazó. El fantasma de la sonrisa de Michael permaneció en la calidez de su gemelo.

"Te amo", susurró.

"Lo sé, Charles. Yo también te he amado siempre. Sin embargo, es demasiado pronto". Ella rió. "¿Por qué no compras una vela? ¡Party Lite hace las mejores velas!".

"Seré feliz comprándote velas".

Scarlett negó con la cabeza. "Suena deprimente si eso es todo lo que haces".

Troy se rió.

"Cariño, nos olvidamos de que estás escuchando. Los lanzadores pequeños tienen orejas grandes, solía decir mi madre".

"Está bien, Scarlett. Hazle saber que este hombre te ama".

Ella tomó su mano. "Entonces, ustedes son las partes buenas que me hicieron quedarme".

"Lo es. Hablemos de ello más tarde, después de que pase el impacto. Puedo irme por un tiempo".

Ella sacudió su cabeza. "Es demasiado para comprender en este momento. Ni siquiera quiero pensar en eso".

"No pienses", aconsejó. "Es mejor así".

CAPÍTULO 32

"Estoy realmente preocupada por Scarlett y ese niño suyo", le susurró Karin Sivertsen a su esposo, Víctor. Sus hijos gemelos fraternos, Eric y Jordan, jugaban en la habitación contigua. "Es algo maravilloso lo que Penny y James están haciendo con él, llevarlo a la iglesia con ellos todos los domingos y presentarlo a nuevos amigos. Stevie Cardinal y él son pesados como una melaza. No es que ninguno de los dos tenga otros amigos. Ellos son así".

"Pero ella está tan aislada allí en ese lado de la calle y ella también lo mantiene aislado. Juro que ambos parecen asustados a veces cuando salen de esa casa. Ninguno de nosotros sabe lo que está pasando. John le lleva lo de la tienda y parece ser el único visitante que tiene, aparte de ese guapo tipo sueco en la motocicleta y nosotras, cuatro damas del vecindario".

"¿Y quién es el motociclista? Nadie lo sabe".

"No me preocuparía por eso, Karin", respondió Víctor. "No es asunto nuestro. Y a Troy le va bien en la escuela, creo. Como dices, tiene amigos. Solo quieren mantenerse para ellos solos.

No hay nada de malo en eso, o en tener un par de amigos varones si eres una joven viuda soltera".

Karin suspiró y se dejó caer en el moderno sofá naranja danés. Apoyó los pies en la mesa de cóctel y hojeó una revista MAD que pertenecía a uno de sus chicos. "Gracioso", dijo y se rió entre dientes.

"¿Qué?".

"El MAD 'Star Wars Musical' de diciembre. Gracioso. A nuestros chicos les encantaba Star Wars. ¿Recuerdas?".

"¿Que si lo recuerdo? ¡Los llevé a verla al menos cinco veces!".

"Mejor tú que yo".

"Fue genial", dijo Víctor y se dirigió a la cocina, abrió su Frigidaire y destapó una botella de Liberty Ale que su cuñado había traído al otro lado de la frontera estadounidense debido al cierre patronal de la cerveza en B.C. "Maldita escasez. Malditos sindicatos", dijo y se llevó la botella a los labios. "Incluido el mío".

"No es su culpa", dijo Karin suavemente, pasando las páginas. En la habitación contigua, sus chicos alzaron la voz. "UH oh. Pelea".

"Déjalos que la tengan", aconsejó Víctor. Él se sentó a su lado. "De todos modos, Kare, ¿hemos decidido que nuestros vecinos no son asunto nuestro?".

"Supongo que sí, querido. Si tú lo dices" murmuró Karin. "Pero es el cumpleaños de Troy la próxima semana y todos tenemos una pequeña sorpresa planeada".

Dejó la botella. "Oh-oh. ¿Qué es?".

"A Stevie Cardinal se le ocurrió. Troy cumplirá once el 4 de abril. Su mamá está planeando una cena tranquila y un pastel para los dos", dijo.

Se secó la boca con un pañuelo rojo. "Agradable".

Ella se rió entre dientes. Le alisó el suéter de mohair negro que llevaba y le dio unas palmaditas en la espalda. "Eres un buen amigo".

"Scarlett es amiga de todos nosotros. Troy es muy especial. No deberían estar solos en su cumpleaños".

"¿Qué dicen tus amigos sobre eso?".

Ella arqueó las cejas y sonrió. Sus labios eran de un tono de coral fuerte y su rostro seguía bronceado por el verano pasado. Se inclinó para besarla, pero fue interrumpido por un estrépito en la habitación contigua.

Sorprendidos, sus cabezas giraron hacia la derecha. Los gemelos entraron corriendo en la sala familiar, que estaba decorada en estilo hawaiano. Eric quedó atrapado en una red de pesca y otra caracola grande se estrelló contra el suelo. Víctor les gritó a los chicos mientras caían en el sofá y Karin suspiró, cerrando las páginas de la revista.

"Bueno. ¿Qué se rompió?".

Eric gimió. "No fue mi culpa, papá. ¡El lo hizo!".

"¡No!", Jordan le dio un puñetazo en el pecho.

"¡También lo hizo él!".

"¡Basta, chicos! Veamos el daño. El tema de nuestros vecinos está cerrado por ahora".

Eric empujó a su hermano y respondió: "¿Qué vecinos?".

"Da igual", dijo Karin. "Estoy contando secretos fuera de la escuela".

4 de abril de 1979

Scarlett se quitó el delantal de flores y llevó el pastel Selva Negra a la mesa. "¡Ta-da!", ella dijo.

Troy sonrió. "Se ve bien, mamá. ¿Viene John?".

"No invité a nadie exactamente", respondió. "Pensé que podríamos celebrar, solo nosotros dos. Y Rocker, por supuesto".

"Por supuesto".

Siempre fue el gato de tu padre, ¿sabes? No creo que se sienta cómodo conmigo".

"Le gusto a él. Y le gusta John".

Scarlett frunció sus aterciopelados labios anaranjados. "Es verdad. Se entusiasmó con John".

El niño le dio una palmada a su madre en el hombro. "A él también le gustas, mamá".

"No lo sé. ¿Estás listo para comer? Tenemos tu favorito aquí. Una gran cacerola de lasaña".

"¡Caray!".

"Y tostadas de ajo".

Troy sonrió. "Mis favoritos".

Sonó el timbre de la puerta trasera. Scarlett se levantó y colocó la servilleta de tela junto al plato. "¿Quién puede ser en este momento? Es la hora de cenar; todo el mundo debería saber eso".

CAPÍTULO 33

Cuando Scarlett abrió la puerta trasera, jadeó al ver a Stevie Cardinal, el amigo de su hijo, de pie sobre los viejos tablones grises del porche.

"¡Sra. Kane! ¿Está Troy en casa?".

Ella se llevó una mano al corazón. "¡Vaya, Stevie! Qué bonito. Sí, sí está. ¿Troy? Es para ti, querido". Troy se levantó y se dirigió a la puerta.

"¿Puedes salir?", preguntó Stevie, peinando su larga cabellera hacia atrás. Sus grandes gafas tintadas reflejaban la cara de satisfacción de Troy.

"Sólo estamos comiendo", explicó Troy. "¡Entra!".

El patio estaba repleto de niños. Salían de detrás de la vieja valla inclinada; por detrás del seto del algodonal cubierto por una pizca de nieve. Los Cardenales y los Balakrishnan y los Sivertsen, compañeros de la Iglesia del Evangelio Cuadrangular, compañeros de ambas escuelas... La pequeña casa de Scarlett apenas podía albergarlos a todos.

Se agolparon en la cocina y se desbordaron en el pasillo, en el salón con la pared naranja y el sofá dorado de llave griega, se agolparon en la habitación de Troy y algunos acabaron en el sótano, en el taller de Scarlett, imitando los sonidos de los pequeños motores y las maravillas mecánicas que había allí, los cristales, los pertrechos de magia y fantasmas que no comprendían.

Troy se dio una palmada en la cara con las dos manos y soltó un grito cuando se dio cuenta de que sus amigos no se habían olvidado de él.

"Coman algo, niños", instó Scarlett, sacando salchichas, queso, galletas y patatas fritas. Sirvió grandes vasos de Kool-Aid de uva y cortó el pastel en porciones, procurando de la despensa platos de papel y cubiertos de plástico.

"Vaya, señora Kane, sí que sabe cómo organizar una fiesta". Stevie sonrió, ajustando sus lentes tintados. Todos los niños habían traído regalos brillantemente envueltos: G.I. Joes, un Slinky de plástico, un yoyo rojo, el clásico Slime verde de Mattel de los años setenta, un juego de mesa Battleship, libros de ciencia y Legos.

Troy abrió cada uno de los regalos con reverencia, dejando el papel de regalo cuidadosamente a un lado. Su madre trajo una gran bolsa de plástico para depositar el papel y las cajas, y él agradeció a cada amigo y vecino con lágrimas en los ojos.

"Pensé que estaría solo en este cumpleaños", balbuceó.

"No llores, amigo". Eric rodeó a su amigo con un brazo. "Todos estamos aquí para ti".

"Sí, amigo, te echamos de menos", dijo el hermano gemelo de Eric y le revolvió el pelo a Troy. Scarlett se sentó en una mecedora negra de Naugahyde en la habitación de al lado, y puso los pies en una otomana negra de almacenamiento que guardaba un secreto: una tarjeta en su interior que le decía a Troy dónde estaba escondida en el sótano una nueva bicicleta Schwinn roja con asiento de plátano, detrás de su taller, donde no se le habría ocurrido mirar. Justo al lado del guante de béisbol y la pelota.

Rocker Patch se escondió bajo el sofá. Scarlett lo dejó allí, contenta de que estuviera a salvo de las travesuras de una casa llena de preadolescentes.

Era un cumpleaños para recordar.

Más tarde, en su habitación, los amigos de Troy jugaron con los robots de Lego y los trenes mecánicos que había construido. "Buen trabajo, Troy", dijo Paul Balakrishnan.

Troy se rió y sacó pecho. Uno de los gemelos le dio un puñetazo en el estómago. Troy se dobló y expulsó aire por su boca rosa abierta y le devolvió el puñetazo. Los dos sonrieron. Stevie Cardinal le empujó y se persiguieron por el pasillo y de vuelta.

Troy se detuvo cuando una de las chicas Cardinal más jóvenes salió de su habitación. Se enfrentaron con un nuevo reconocimiento. Lentamente, una sonrisa se dibujó en su rostro. Ella se sonrojó y le cogió la mano. "Feliz cumpleaños, Troy. Pronto serás un hombre, como mi padre".

Él se aferró a su mano, sus rostros brillaban. Sus manos eran frías y suaves. "Has crecido, Skye Cardinal. No me había dado cuenta hasta ahora", tartamudeó. "Te veo casi todos los días y nunca me había dado cuenta".

Entonces golpeó a la chica en el hombro. Ambos se apresuraron a entrar en su habitación para unirse a sus amigos en más juegos.

En un rincón de la habitación, Stevie estaba bebiendo un refresco de cola. "Tienes que deshacerte de ese payaso que tienes en la pared, amigo".

"Sí", respondió Troy, mirando alrededor de su habitación. "Esta es la habitación de un niño pequeño".

Stevie se quitó las gafas y entornó los ojos a Troy. "¿Sigues viendo esa luz por la noche en tu habitación?".

"No. Ya nada me asusta. Sólo era un perdedor con una linterna".

Los padres empezaron a llegar, de uno en uno y de dos en dos, para llevar a sus chicos y chicas a casa. Leela, Dorothy y Karin se quedaron para ayudar a limpiar. Agotada, Scarlett cayó en la cama esa noche. Se olvidó de apagar la luz de su habitación y estaba demasiado cansada para levantarse y hacerlo. Troy entró de puntillas en su habitación más tarde y apagó la luz. "Buenas noches, mamá".

"Buenas noches, hijo".

"Creo que no tendremos que preocuparnos más, mamá".

Scarlett suspiró y se dio la vuelta en la cama. "Espero que no, querido. Vete a la cama ahora".

CAPÍTULO 34

Los años que pasaron fueron amables con ellos. No se encendió ninguna luz en la habitación de Troy que él o su madre no hubieran encendido. Tampoco un tic-tac detrás de sus paredes perturbó el silencio de la medianoche. Su nuevo teléfono de "Tonos" ya no sonaba con un número incorrecto. Rocker Patch mantuvo a raya a los ratones, o debió haberlo hecho, porque no había rasguños detrás de las paredes. Sólo de vez en cuando parpadeaban las luces y luego, después de una tormenta, cuando John Águila llegaba de la tienda de la esquina con leche chocolatada y dulces.

John siguió siendo un buen amigo de Charles, Scarlett y Troy. Se casó tarde en la vida, después de la muerte de su madre. Rocker Patch dormía como de costumbre, con Troy en su casa de Calder, en el dormitorio recién decorado del niño con los carteles de películas, su radiocasetera General Electric y el Atari 2600 que Charles le regaló para Navidad ese año. Scarlett decía que Charles lo mimaba.

Fin de año de 1982:

Nancy y su hijo Scott Clarke se sentaron con la televisión puesta en *Happy Days* en su casa, que lucía un nuevo revestimiento de aluminio, y dieron la bienvenida a sus viejos amigos con té helado y pretzels. Angus no pudo contener su emoción al ver a sus viejos amigos. Max, el de plumas azules, cantó e imitó las voces embriagadoras.

"Les hice una sorpresa a todos", exclamó Troy. "¡Para dar la bienvenida al nuevo año! Papá me ayudó con eso. O mejor dicho, tío Charles".

"Estamos todos juntos ahora", Nancy dio un golpe con la mano en la mesa de la cocina verde de estilo rústico. Scarlett admiró las cestas de roble partido y utilizó baldosas y botes de cerámica vidriada. El divorcio había sido amable con Nancy. Su espíritu había regresado y, con él, el gusto por la decoración del hogar.

A Charles, que estaba de pie retorciendo su nuevo anillo de bodas de oro, Nancy le dijo: "Nuestras almas están en reposo. Felicitaciones, Charles y gracias. Sé que tuviste mucho que ver con eso. Ahora veamos cómo cae la esfera en Times Square".

Angus ladró y frotó su hocico contra la mano de Scarlett. Acarició sus sedosas orejas y le frotó la barbilla. El periquito cantó "Charles, Charles" y Scott declaró: "Yo le enseñé eso, Troy".

Troy sonrió torcidamente y sonrió. "Increíble".

"¿Una copa para celebrar?", preguntó Nancy.

"No, gracias", respondió Scarlett. "No bebo".

Troy, que ahora tenía trece años, alto y delgado como sus padres, miró el reloj de metal y cristal en su muñeca. "Es el momento", dijo. "Es medianoche". El pequeño robot pájaro que había construido saltó de la esfera del reloj y estalló en su palma en un montón de engranajes, plumas de acero y resortes. Él rió. "Terminemos en paz", exclamó. "¡Sorpresa arruinada!".

Charles rodeó con sus varoniles brazos a su nueva esposa y la inclinó hacia atrás con la pasión y la ternura de su primer beso del nuevo año. Troy abrazó a Nancy y Scott. Los ojos color avellana de Nancy se llenaron de lágrimas.

"Te pareces muchísimo a tu tío", le dijo Nancy. "¿No es así?".

Troy sonrió.

"Nadie es perfecto", dijo Charles. "Feliz año nuevo".

Scarlett rió como una niña. En todo el universo, su voz sonaba como mil campanas. Impresionado por su belleza, Michael Joseph Kane en Paradise se detuvo momentáneamente de sus tareas celestiales y escuchó.

"Estoy loco por Nueva York", declaró Troy. "Especialmente Times Square".

La esfera cayó.

En los años venideros, Troy imaginó a Rocker Patch con las cálidas rayas naranjas y el cálido zumbido bajo, y a Angus, con sus suaves ojos marrones y un pañuelo rojo, persiguiendo a su padre por campos de tréboles silvestres en un paisaje azotado por el viento en Paradise. Como gatitos, cachorros o niños nuevamente, despreocupados y siempre jóvenes y sin cicatrices, permanecieron siempre en su corazón. De hecho, vivieron para siempre.

Querido lector,

Esperamos que hayas disfrutado leyendo *Ascendente*. Tómese un momento para dejar una reseña, incluso si es breve. Tu opinión es importante para nosotros.

Atentamente,

Kenna McKinnon y el equipo de Next Chapter

AGRADECIMIENTOS

A mi amiga y lectora Beta, Judith Hansen de Michigan, me ha ayudado infaliblemente, con lealtad y con amor a través de las ediciones y muchos borradores de *Ascending*.

A Marlene O Byard de Washington, DC que propuso sugerencias muy útiles para la primera página crucial.

A Miika y Petteri, mis editores en *Next Chapter*, que creyeron en mí y en esta novela de amor y redención final.

Y para Bob, que descanse en paz. Te amo.

BIOGRAFÍA

Kenna McKinnon es una escritora independiente canadiense, autora de *SpaceHive*; *Bigfoot Boy: Lost on Earth*; *Benjamin and Rumblechum, The Insanity Machine*; *Blood Sister*; *Short Circuit and Other Geek Stories*; *DISCOVERY: A Collection of Poetry*; *Den of Dark Angels*; *Engaging the Dragon*; and *Timothie Hill and the Cloak of Power*. Sus años más memorables los pasó en la Universidad de Alberta, donde se graduó con un título en Antropología. Kenna es miembro del Gremio de Escritores de Alberta y miembro profesional de la Asociación de Autores de Canadá. Tiene tres hijos y tres nietos. Sus pasatiempos incluyen el fitness, la salud, el dibujo, la lectura, caminar, la música y entretener a los amigos. Escribir no es un pasatiempo; ¡Es una pasión de la infancia madura!

Blog de la autora: http://KennaMcKinnonAuthor.com
Facebook: https://www.
facebook.com/KennaMcKinnonAuthor
Twitter: http://www.twitter.com/KennaMcKinnon
LinkedIn: http://www.linkedin.com/in/kennamckinnon

Ascendente
ISBN: 978-4-86751-670-6

Publicado por
Next Chapter
1-60-20 Minami-Otsuka
170-0005 Toshima-Ku, Tokyo
+818035793528

17 septiembre 2021